Vivre après Marc

Illustration de couverture :
Noémie Sylberg. Photo © Galia Eytan, 2022.

www.editions-hermann.fr

ISBN : 979 1 0370 2212 7

Noémie Sylberg

Vivre après Marc

Récit

Préface de Delphine Horvilleur

hermann

Depuis 1876

Préface

De vieilles légendes racontent qu'il existe un territoire pour les vivants et un autre pour les morts. Prenez, par exemple, la mythologie grecque : elle affirme qu'un fleuve nommé le Styx séparerait les disparus de ceux qui leur survivent. Un voyage en barque mènerait celui qui meurt d'un rivage à un autre, inaccessible aux vivants.

Moi, je ne crois à rien de tout cela. Je connais ce fleuve mais je sais bien qu'il ne charge aucun mort. Il sépare plutôt (et bien trop tôt) les vivants des vivants : ceux qui ne savent pas encore qu'ils vont mourir et ceux qui viennent de l'apprendre.

Encore et toujours, l'histoire se répète : l'annonce d'une maladie et d'une mort prochaine envoie ceux à qui elle s'adresse… à une autre adresse. Celui qui apprend sa fin prochaine sait qu'en une seconde, il vient d'emménager ailleurs. Il n'a pas bougé d'un centimètre, vit dans la même rue et connaît le visage de tous ses voisins, mais il est passé sur une autre rive… Il vit dorénavant sur un territoire inaccessible, une île, auquel d'autres vivants, c'est-à-dire des bien-vivants, ceux qui se disent en bonne santé et se pensent donc presque immortels, n'ont pas accès.

Il vient d'emménager sur le territoire de ceux qui savent de quoi ils vont mourir et à courte échéance. Personne ne sait comment leur rendre visite, ou ne le veut. On parle de ces exilés, mais plus vraiment avec eux.

On murmure en leur présence, ou on leur sourit un peu niaisement, pour tenter de cacher nos terreurs.

Et rares, extrêmement rares sont ceux qui parviennent à tenir encore avec eux le langage de la vie, c'est-à-dire à faire, à leur côté, avec amour, le voyage entre des territoires. Faire de leur île une presqu'île, un pas tout à fait hors-la-vie.

Vous tenez entre les mains le livre écrit par l'une de ces extraordinaires voyageuses, une femme amoureuse qui a su, mieux que personne, traverser ce fleuve, se glisser avec l'être aimé sur une barque de l'enfer, de la maladie et du deuil qui s'annonce, sans jamais lâcher sa main.

Et, vous le découvrirez à chaque page, elle a su tenir dans chaque main un rivage, contrer les dérives, pour raconter la vie, et faire un pied de nez au morbide.

Ce livre n'est pas triste. Il refuse précisément tous les codes de la tragédie grecque : cette fatalité inébranlable qui fait des hommes les marionnettes d'un destin cruel. Il y a dans ces pages, au contraire, la puissance des grandes histoires d'amour que l'on sait immortelles. Il y a l'écho des fous rires, les souvenirs des amis puis des amants, la force des amitiés qui deviennent des passions, l'invincible armure des familles aimantes. Il y a la grandeur des gestes et des saveurs des bons vivants : la fête des grands restaurants, la sensualité, l'humour, le rire de la jeunesse, la virtuosité des grandes plaidoiries, et les rêves des jeunes parents. Et tous se lient ensemble pour régler son compte à la mort, et pour lui dire « merde » – car c'est comme ça que Marc l'aurait formulé.

Il y a aussi un engagement solennel qu'il nous a tous fait prendre, sans même l'avoir verbalisé. Tous ceux qui ont connu Marc savent qu'il n'aurait jamais voulu être raconté par la fin, mais par tout ce qui fut infini dans sa vie, à commencer par son amour pour sa femme et pour les deux trésors auxquels il a donné naissance.

Je vois aujourd'hui grandir ses deux magnifiques enfants, non pas dans son ombre mais dans sa lumière. Ils rayonnent de la force de ceux qui savent qu'ils ont été (et sont) formidablement aimés. Ils savent surtout que leur père n'habite pas sur une île lointaine et inaccessible. Il est dans la mémoire si vive de tout ce qu'il a placé dans leur monde, et il vit aussi dans un livre écrit par une femme qui a connu le grand amour. Il habite ce grand amour qui leur a donné naissance.

Delphine Horvilleur

À Ethel et Adam

« Les gens que nous avons aimés ne seront plus jamais où ils étaient, mais ils sont partout où nous sommes. »

Alexandre Dumas

En réaction à mes mots emplis d'amour, un frisson violent parcourt le corps de ma fille. À cinq ans, elle ne sait pas encore verbaliser ses émotions. Son corps exprime ce que ses mots ne parviennent à dire : que c'est injuste, qu'elle est inquiète et qu'elle a peur.

Je viens d'annoncer à mes enfants, Ethel et Adam, que leur père est entré dans le coma – et qu'il ne se réveillera plus.

Nous sommes le mardi 19 janvier 2021. Marc, totalement inconscient, est dans notre chambre. Les yeux fermés, il repose paisiblement dans son lit médicalisé, qui, placé à côté de celui qui fut notre lieu conjugal, défigure la jolie chambre bleue que nous avions décorée ensemble.

Depuis hier, j'écris, presque sans m'arrêter. J'ai commencé alors que je n'arrivais pas à trouver le sommeil ; je me trouvais dans notre chambre, avec ses rideaux aux formes géométriques qui rappellent les colonnes de Buren. Je me suis adossée à la tête de lit à côté de Marc, j'ai saisi mon ordinateur et commencé à écrire. C'était soudain, irréfléchi. Je voulais me vider de tout ce que j'avais dans le bide et dans la tête, de ce qui me hantait, de ce que je redoutais, de ce que j'espérais aussi. J'ai continué à écrire pour soulager ma mémoire, pour expulser les images cruelles qui dansent, perfides, dans mon esprit.

Pour te raconter aussi, toi que je connais par cœur. La mimique imperceptible que tu fais l'été quand tu portes tes lunettes de soleil et que ton allergie au pollen se réveille ; la minuscule bosse sur ton nez que je suis seule à voir ; la dépigmentation de ta peau dans le dos ; la tache de naissance sur ton sexe ; tes ongles que tu me demandais de limer ; ta carrure de rugbymen rassurante ; ton ventre bien rond ; ton odeur chaude après avoir plaidé ; le mouvement de ta main dans tes cheveux ; ton expiration après ta première gorgée de bière, le soir sur le canapé ; la façon dont tu sens le vin et celle que tu as de le goûter ; ton faible pour les lumières tamisées au restaurant ; ton manque d'effort quand tu écoutes une anecdote que tu trouves ennuyeuse ; ta manière communicative d'éclater de rire ; tes blagues que j'arrive presque toujours à anticiper ; ta façon de m'enlacer quand nous nous endormons dans les bras l'un de l'autre.

Tu dors près de moi et j'écoute ton souffle attentivement. Je te veille, j'escorte ta respiration. Je sais qu'il ne nous reste pas beaucoup de temps. C'est le deuxième jour que je passe à écrire à tes côtés. Bientôt dix-sept heures sonnent.

Je sors de notre chambre pour accueillir les enfants qui reviennent de l'école. J'attends qu'ils aient pris leur bain. Je me ronge les ongles. Comme la psy me l'a conseillé, je dois maintenant leur annoncer que tu es dans le coma. Installés en pyjama devant moi, ils écoutent sagement le discours que j'ai préparé. Je ne m'entends pas leur parler. Je me concentre sur leur réaction : Ethel tremble, Adam ne dit rien. J'ajoute bien vite que nous pouvons aller te voir, te parler, te dire qu'on t'aime, t'embrasser, t'apporter un dessin. Le visage d'Ethel est envahi par la détresse... Je sens qu'elle a besoin de t'exprimer son amour. Je demande aux enfants de patienter, le temps de vérifier ton état avant de les laisser venir te voir. En entrant dans la chambre, je découvre que tu es mort.

Je ne sais pas comment l'annoncer à Ethel et Adam. Je viens de leur promettre qu'ils pourront te dire au revoir.

Tout a basculé un an plus tôt, le 15 janvier 2020.

Depuis une semaine, Marc ne se sent pas bien. Un médecin lui a diagnostiqué une grippe intestinale. Apparemment, c'était la saison. Cela devait finir par passer, mais après plusieurs jours, Marc commence à souffrir du poignet gauche. La douleur qu'il décrit est incompréhensible : il a aussi mal, dit-il, que si on lui avait coupé le poignet.

Mon mari étant hypocondriaque, je ne m'inquiète pas. Et puis je ne vois pas de quoi cette douleur peut être le symptôme. En tout cas, me dis-je, rien de grave.

N'en pouvant plus, Marc décide finalement d'aller à l'hôpital. Mon téléphone sonne au moment précis où je sors d'un rendez-vous professionnel et commence à arpenter les rues en cherchant un taxi. C'est mon père ; il paraît inquiet.

« Où tu es ? Tu rejoins Marc ?

— Non, j'ai un déj que j'ai repoussé cinquante fois, je le retrouve juste après.

— Je crois qu'il faut que tu y ailles maintenant. Francis dit que ça peut être sérieux. »

J'annule mon déjeuner et demande au taxi de me conduire à l'Hôpital américain. Marc a choisi cet hôpital non par snobisme, mais parce que les hôpitaux publics sont alors en grève et que sa souffrance insoutenable lui interdit toute patience : il se sent incapable de poireauter dans les salles d'attente encombrées des urgences. En arrivant, je rejoins Marc avec aisance : je n'ai aucun mal à me repérer dans les longues allées de cet hôpital où j'ai fait les échographies des trois mois de grossesse de nos deux enfants. Détendue, presque inconsciente, je plaisante avec mon mari. Je m'entends encore parier avec lui sur le montant de la facture que son séjour à l'hosto va nous coûter.

Rapidement pris en charge, Marc passe une série d'examens. Il a la chance d'être installé dans une confortable chambre individuelle. Comme sa douleur, aussi insupportable qu'incompréhensible, ne passe pas, les médecins demandent à le garder quelques jours en observation. Je décide donc de mettre ma vie professionnelle entre parenthèses, me débrouille pour organiser l'emploi du temps des enfants en mon absence, et m'approprie une petite banquette située sous la fenêtre de la chambre.

Pendant ce séjour, un rien m'agace. Je m'irrite de la lumière blanche et froide de l'hôpital, qui crée une atmosphère désagréable malgré la taille spacieuse de la chambre. Je déteste les néons blafards des hôpitaux. Cette luminosité agressive renforce mon impatience et l'impression que les journées passent lentement. Toutefois, j'apprécie le confort que cet établissement luxueux offre à Marc : quelqu'un vient quotidiennement lui proposer un large choix de repas et note ses préférences. Et le cadre médical me rassure ; je me repose sur l'équipe hospitalière en qui j'ai confiance, moi qui n'ai aucune connaissance en médecine. Chaque jour, j'apporte à Marc du linge propre, lui demande ce qui lui ferait plaisir, lui achète un livre ou un magazine, lui fournis les desserts qu'il aime et qu'il est autorisé à manger. Et quand je dois passer un coup de fil, pour ne pas troubler son repos, je sors de sa chambre et j'arpente les couloirs de l'institution. Je commande des repas Deliveroo que je descends chercher à l'accueil. Pour passer le temps, je demande conseil à Marc sur mon futur menu. Je n'ai pas faim mais ça m'occupe. Pendant cette attente, Marc a toujours aussi mal. Le voir souffrir m'est très pénible. Je m'impatiente contre le corps médical et surtout contre les résultats des examens qui ne donnent rien.

Après plusieurs jours, les tests permettent enfin aux médecins de conclure à une arthrite. Ne sachant pas si elle est d'origine infectieuse ou non, ils proposent de prélever des cultures puis de « voir si ça pousse ». Cette métaphore botanique me choque, me paraissant totalement inappropriée : il n'y a rien de champêtre dans cette douleur et cette attente pour trouver le traitement adapté.

Encore quelques jours de patience. Mais bientôt, on crie victoire : le médecin qui s'occupe de Marc nous annonce qu'un germe a poussé ! Alléluia ! Ce germe logé dans son poignet est un streptocoque, qu'on peut traiter avec des antibiotiques ciblés.

L'histoire aurait pu s'arrêter là : une septicémie par streptocoque. Mais Marc, toujours hospitalisé, commence à se plaindre de douleurs à la poitrine. Alors que les médecins n'y prêtent initialement pas attention, ils finissent par se rendre compte que ces douleurs nouvelles révèlent une complication : le streptocoque a fait des petits. Mon mari est en insuffisance respiratoire, son état s'aggrave malgré le traitement antibiotique.

Il est rapidement transféré dans le service de soins intensifs. Je n'aime pas cette expression, particulièrement inquiétante à l'oreille d'une Juive ashkénaze angoissée par la maladie.

Les soins intensifs désignent, comme chacun sait, un département hospitalier de surveillance accrue. Mais ils sont aussi un lieu où la personne hospitalisée peut ressentir de manière presque palpable l'affection que ses proches lui portent. C'est ce dont Marc s'aperçoit rapidement en voyant se constituer autour de lui ce qu'il appelle aussitôt sa « garde rapprochée » : David, son frère, est le premier à arriver à son chevet, immédiatement suivi par mon père et son ami Francis.

Avoir une garde rapprochée, c'est comme ça que j'ai toujours vécu. Ma famille forme une sorte de clan : un clan juif, soudé, débordant d'amour et de générosité. Un clan qui se retrouve autour de tables opulentes pour des repas interminables et joyeux. Nos dîners de shabbat sont souvent organisés « autour » de quelqu'un. Ma mère nous appelle en début de semaine pour choisir les invités : « On fait un shabbat autour de Delphine ? À qui tu penses ? » On sait alors qu'on passera une bonne soirée ; on sait qu'on peut débarquer avec un invité de dernière minute ; on sait qu'on se marrera, qu'on se détendra, qu'on mangera bien, qu'on picolera un peu, qu'on s'embrassera, et qu'on rentrera chez nous en se disant qu'on s'aime.

Ma famille est mon pilier, sur lequel j'ai toujours pu compter. Mes parents se sont toujours montrés très présents. Trop parfois, mais dans l'ensemble, ils sont ce que l'on nomme communément de « bons parents », impliqués dans la vie de leurs enfants, concernés et compréhensifs. Souvent, je me suis sentie tellement chanceuse de les avoir pour père et mère… Il m'est même arrivé parfois de vouloir les « prêter » à des amies en conflit avec les leurs.

Bref, je suis issue d'une famille soudée, qui elle-même vit en bande. Les intimes de mes parents sont comme une extension familiale d'élection. Parmi eux, Lydia et son mari Francis, leurs plus proches amis. Ils font tout ensemble. Ma mère et Lydia étaient associées lorsqu'elles travaillaient dans l'immobilier. Mon père et son ami portent le même prénom : on les appelle « les deux Francis », un peu comme les Dupond et Dupont. Ils se font une confiance aveugle, n'ont aucun secret l'un pour l'autre et se téléphonent quotidiennement pendant des heures. Francis est la seule personne capable de parler autant de temps au téléphone avec mon père. Tandis que moi, quand j'appelle mon père pour lui raconter une anecdote croustillante enrichie de digressions, il m'interrompt toujours : « Commence par la fin. »

Francis est radiologue, et un joueur de golf passionné, partenaire de mon père et de Marc. Marc et lui ont en commun d'être curieux et toujours au courant de tout, qu'il s'agisse de politique ou des dernières baskets à la mode. Et c'est Francis que j'appelle lorsque j'ai un pet de travers. Il est toujours disponible, et on le sollicite beaucoup. Il nous répond invariablement avec le même sourire, le même calme, la même générosité sans bornes.

Dans ce service de soins intensifs, le personnel hospitalier est grave, fermé ; il ne prend pas le temps de répondre à nos questions, exclusivement concentré sur les patients dont l'état de santé est préoccupant. Les réponses qu'on me donne sont évasives, voire illogiques, et ne me satisfont pas. J'ai l'impression d'être en apnée.

Dans la chambre de Marc, la situation se dégrade jour après jour. Il devient inquiet et son angoisse se meut brutalement en une pensée de la mort. Il me confie voir « le bout du tunnel ». Il me précise qu'au cas où il ne survivrait pas, il souhaiterait que notre rabbine, Delphine, soit chargée de son enterrement. Pour la première fois, je l'entends exprimer ses dernières volontés. Il me parle aussi de son ami Jean-Christophe, que je n'ai pas connu. Jean-Christophe était un avocat assez charismatique qui, un jour, fit un arrêt cardiaque pendant un jogging. Il est mort sans avoir pu dire au revoir à sa femme. Cette histoire avait tellement affecté Marc que, lorsque nous étions fâchés, il ne supportait pas que l'un de nous sorte faire une course ou parte travailler sans se dire au revoir. Grâce à cette crainte, nous avions appris à mettre fin à nos querelles rapidement : un baiser balayait nos fâcheries, comme les ardoises magiques d'enfants qui s'effacent d'un coup.

Quand on vit ce genre d'épreuve, on a coutume de dire que tout le reste disparaît. Hélas, ce serait trop simple. L'état de santé de l'être aimé a beau mobiliser toute notre énergie et notre attention, le cours de la vie nous oblige souvent à nous en détourner, ce qu'on a alors bien du mal à accepter. La moindre interruption, au mieux, nous irrite, au pire, crée en nous une douloureuse situation de tiraillement profond.

Ainsi, pendant l'hospitalisation de Marc, je me suis sentie littéralement déchirée entre mon rôle d'épouse et mon rôle de mère, lorsqu'il me fallut célébrer l'anniversaire de notre fille aînée, Ethel.

Ethel a vu le jour le 29 décembre 2015. Comme la date tombe au beau milieu des vacances scolaires, nous avons pris l'habitude de fêter son anniversaire en janvier. En ce début d'année 2020, j'avais choisi la date du samedi 18 janvier, sans m'imaginer un seul instant que ce jour-là mon mari serait «*full* oxygène» dans le nez. Impossible de sacrifier l'anniversaire de ma fille. Écartelée entre ma volonté d'être aux côtés de Marc et celle de me montrer une mère attentionnée, j'ai compris ce jour-là que l'épreuve de la maladie était aussi celle du clivage et que je devais apprendre à vivre de façon dissociée.

Arrive donc le 18 janvier, journée infernale et rocambolesque à la fois, qui reste gravée dans ma mémoire. Au réveil, je suis hantée par les souvenirs. L'insouciance qui était la nôtre au moment de la naissance d'Ethel me semble désormais si loin. Deux jours après l'accouchement, Marc voulait faire la fête pour le réveillon. Puisque tout se passait bien, nous avions quitté la maternité le 31 décembre, puis, après avoir installé notre bébé à la maison et l'avoir confié à la nounou, nous étions sortis réveillonner chez des potes. Je souris aujourd'hui en me revoyant enjamber le scooter de Marc, 48 heures après avoir accouché par voie basse. Crac ! Les fils de mon épisiotomie avaient tiré. Ironique, me dis-je en souriant : me voilà maintenant nostalgique de cette douleur bénigne. Je secoue ma tête pour chasser ces pensées : je sais que cette journée d'anniversaire s'annonce difficile. Comment faire la fête et mettre de la joie dans le cœur des enfants quand on est si bouleversée ?

Faute de meilleure solution, je décide de cloisonner mon temps : l'anniversaire doit avoir lieu à 15 heures ; je vais donc passer la matinée auprès de Marc, et confie pendant ce temps Ethel et Adam à ma mère et ma belle-sœur.

Je m'efforce de remonter le moral de mon mari, dont l'esprit est hanté de considérations sur la finitude humaine. Je fais de mon mieux pour lui apporter le soutien dont il a besoin : je suis à l'écoute de son angoisse, mais je tâche aussi de le secouer pour ne pas le laisser sombrer dans une dépression. J'ai l'impression de devoir jongler entre compassion, humour, tristesse et enthousiasme surjoué. Difficile, d'autant que je suis nerveuse : j'ai encore tellement de choses à préparer pour la fête d'anniversaire.

Vers midi, je quitte l'hôpital, dépitée à l'idée de l'après-midi qui m'attend. Je roule vite vers le 10e arrondissement, mais arrivée à deux pas de chez nous, je suis bloquée par une manifestation. Tout est bouché. Je ne peux ni faire demi-tour ni me garer. Le stress continue de monter. Je parcours à peine 400 mètres en trente minutes et me retrouve à l'angle du boulevard Sébastopol, où une rangée de policiers se tient devant des barrières, empêchant toute voiture de passer. Là, je décide que rien ne pourra m'arrêter : je descends de ma voiture et, hystérique, leur explique ma situation. Je remonte dans la voiture en larmes tandis qu'ils écartent la barrière pour me laisser passer « à mes risques et périls ». J'arrive chez moi en trombe.

Arrivée devant la porte de mon appartement, j'entends le rire d'Ethel et de ma belle-sœur Cindy. Pressée de la récupérer pour l'amener à la salle louée pour l'anniversaire, je l'appelle : « Ethel ! Viens chérie, il est temps d'y aller ! » Mais en ouvrant la porte de sa chambre, stupéfaction : au lieu d'être prête, vêtue de la petite robe multicolore que nous avions choisie ensemble le matin même, ma fille a l'apparence d'un potager. Elle a des brocolis dans les oreilles, des carottes dans les narines et du persil dans la bouche. Ses mains sont sales, sa robe pleine de terre séchée et de traces de légumes. Dans une chambre bordélique à souhait, jonchée d'objets de dînette et d'ustensiles de cuisine, j'aperçois Cindy à quatre pattes, chapeau de paille sur la tête, en train de récupérer une tomate fraîche qui avait glissé sous le lit en s'écrasant au passage sur la moquette.

À la hâte, j'attrape ma fille, la jette sous la douche, la shampouine, la rhabille et la pousse dehors. Nous partons très en retard, chargées de sacs remplis de vaisselle, de décoration, de nourriture et de petits gâteaux. Je suis morte d'inquiétude, je me sens incapable d'affronter les quelques heures qui m'attendent. Sur place, deux animatrices – aussi nulles l'une que l'autre – arrivent pour préparer les activités. Course en sacs, maquillage, jeu du facteur et j'en passe – tout ce que je suis incapable de faire moi-même.

À 15 heures, me voilà donc entourée d'une vingtaine de gosses âgés de 3 à 6 ans. Impatiente, je cherche à les confier aux animatrices. J'espère profiter de ces deux petites heures de fête pour souffler un peu et sortir fumer des clopes en rappelant une copine. Mais au lieu de déposer simplement leurs enfants, la majorité des parents s'incruste sans y être invitée. Là, ils se goinfrent de bonbons et cupcakes et cherchent à nouer la conversation avec moi. Exténuée, j'affiche poliment un sourire hypocrite, de circonstance. Mais ils insistent et, non contents de papoter entre eux, ils me parlent. Trop. Beaucoup trop pour que je puisse les écouter. J'ai l'impression de me dissocier : l'intérieur de mon corps est au bord du précipice et mon visage ne doit rien laisser transparaître. Je consulte régulièrement mon téléphone, à l'affût de nouvelles de Marc. J'ai chaud, une migraine latente, et l'impression d'étouffer. Je ne rêve que du moment où ils vont tous se barrer. Je regarde les cadeaux et le bordel s'accumuler. J'entends des voix que je n'écoute pas. Enfin, 18 heures sonnent et tout ce foutu peuple s'en va. Putain, enfin un peu de calme ! Je dois encore remettre la salle en état, puis, la nuit tombante, ramener les enfants à la maison dans un froid saisissant. À ce moment précis, une idée me traverse : un jour, dans quelques années, quand tout ira bien, je raconterai à Ethel cet anniversaire épique en riant.

Je suis tombée enceinte d'Ethel après un dîner de Pessah, dont je conserve un souvenir précis car c'est le soir où mes parents ont rencontré ceux de Marc pour la première fois.

Trois semaines plus tard, je perdis du sang. Très irrégulière dans mes cycles, je supposai que j'avais mes règles, malgré un léger doute. J'ai continué à boire de l'alcool et à faire du jogging avec Marc. (Je précise, pour la compréhension de nos personnalités respectives, que cette période sportive ne fut liée qu'à une motivation très éphémère : Marc et moi avons toujours été bien trop gourmands et excessifs pour mener une vie saine.) En bref, je continuais à vivre tout à fait normalement. Toutefois, comme nous devions aller à New York quelques jours plus tard, je me résolus à acheter un test de grossesse. Après une nuit de sommeil, j'allai au petit matin pisser sur le bâton, le posai par terre sans plus m'en soucier et consultai mes messages sur mon téléphone. Après deux minutes, mes yeux s'écarquillèrent en tombant sur le test, qui indiquait une grossesse de plus de trois semaines. Marc m'entendit alors m'exclamer : « Putain de merde ! » Inquiet, il se rua vers la porte des toilettes et me demanda si j'allais bien. « Heu, je crois que je suis enceinte. » Je l'entends encore se marrer derrière la porte : « J'ai jamais vu une annonce de grossesse aussi romantique ! »

Je vécus l'attente d'Ethel comme une bénédiction, un état de grâce. Moi qui avais toujours redouté le fait d'être grosse et enceinte, j'eus l'impression, pendant ces neuf mois, que c'était mon anniversaire tous les jours. J'étais pleinement heureuse, comme je ne l'avais jamais été auparavant. Mon ventre qui s'arrondissait illustrait ce à quoi je rêvais ces dernières années : bâtir une famille avec un homme que j'aimais éperdument. Je me sentais forte, privilégiée et invincible. Et je chérissais la bienveillance de ceux qui m'entouraient.

Marc m'accompagna à toutes les consultations chez le gynéco. Un de nos rituels, après chaque échographie à Necker, était de nous balader jusqu'au Bon Marché pour y faire un « petit cadeau de bonne santé » au bébé. Une robe qui soulignait les rondeurs de mon ventre que j'exhibais fièrement, un sac en bandoulière que Marc savait choisir sans jamais se tromper, ou des gourmandises qu'on ne trouvait qu'à la Grande Épicerie...

Marc avait insisté pour que nous ne demandions pas le sexe du bébé. Pour moi qui veux toujours tout savoir, c'était contre-nature. J'avais toutefois accepté sa requête : d'abord pour lui faire plaisir, puis je me rendis compte que ne pas savoir était génial. C'était un peu comme les pochettes-surprises de mon enfance : j'allais recevoir un cadeau dont je ne savais rien, mais dont j'étais certaine qu'il me plairait.

Fin janvier 2020. Voilà une semaine entière que Marc est hospitalisé.

À la maison, son absence pèse : les enfants le réclament beaucoup. Le soir, allongés dans leur lit, alors que la nuit tombe tôt en cette période hivernale, ils demandent avec une voix triste mais pleine d'espoir, leur petite tête dépassant tout juste de la couette : « Quand est-ce que papa va rentrer à la maison ? » Je m'efforce de leur répondre avec honnêteté et pédagogie : « Papa a très mal au poignet. Il est à la maison des docteurs. Ils le soignent, ils essaient plusieurs médicaments, jusqu'à ce qu'ils trouvent le bon. Ça prend un peu de temps. Je sais que l'absence de papa est difficile, mais il faut être courageux. »

L'absence de leur père est d'autant plus difficile à supporter que Marc est un papa très présent et très proche de ses enfants. Avec une volonté farouche de privilégier sa vie de famille sur son activité professionnelle, il a toujours tenu à organiser son emploi du temps en fonction de nous – chose d'autant plus nécessaire que son cabinet est situé dans une partie de notre appartement. Jusqu'à son hospitalisation, Marc participait pleinement à la vie de nos enfants. Il est donc naturel qu'il leur manque beaucoup. Car au quotidien, c'est surtout Marc qui mène leur éducation : très à cheval sur la politesse, il ne cède jamais sur les « bonjour », « au revoir » et « merci ». Mais il cultive aussi avec eux une complicité extraordinaire. Il fait mieux que personne les chignons d'Ethel, initie Adam au foot, regarde avec eux les tournois de golf et la Formule 1 à la télé en leur apprenant le nom des différentes écuries. Il invente avec eux des rituels : chaque matin, quand j'emmène les enfants à l'école, il nous observe par la fenêtre de son cabinet pour leur « faire coucou » ; tous les week-ends, il met de la musique et les regarde avec tendresse courir autour de la table basse. Assis sur le canapé, il orchestre cette danse singulière, jonglant entre les airs préférés des enfants. Souvent, je me joins à eux dans ces moments de surexcitation et accompagne leurs petits pas de danse joyeux.

La situation empire encore. Marc est transféré en réanimation à l'hôpital Saint-Louis, pas très loin de chez nous. Saint-Louis est un bon hôpital, si réputé que notre ami Francis a dû batailler dur pour y trouver une place.

Au moment de l'admission de Marc, son frère David est avec moi. Un médecin se présente et nous propose d'aller nous entretenir dans la « salle des familles ». Avec une voix douce, il me dit : « C'est grave, ce qu'a votre mari. » En entendant cette annonce douce et formelle, mes jambes se mettent à trembler sans que je puisse les contrôler. Immédiatement, je me dis que je suis victime d'une « annonce en deux temps ».

« L'annonce en deux temps », c'est un concept que Marc a inventé : la règle est de ne jamais annoncer une mauvaise nouvelle de but en blanc. Toute annonce difficile doit se faire en deux moments distincts : préparer d'abord pour assassiner en douceur ensuite. Il m'avait enseigné cette méthode lorsque nous étions tous les deux avocats pénalistes. À l'époque, nous travaillions ensemble au cabinet de Yann, mon premier employeur, qui avait également embauché Marc quelque temps avant moi.

Marc avait commencé ses études de droit à Clermont-Ferrand. Avec ses amis d'enfance, il faisait alors la fête tous les soirs. Et pour se faire un peu d'argent de poche, il travaillait comme pompiste dans une station d'essence le week-end. Bref, durant sa licence, il ne fut pas un étudiant très assidu. Mais il se mit un coup de pied au cul au moment de sa maîtrise et « monta à Paris » pour s'en sortir. Ou plutôt pour se sortir des apéros quotidiens peu conciliables avec ses ambitions. Grâce au grand-père d'un de ses amis d'enfance, il intégra la Sorbonne et y termina ses études de droit. Il effectua son stage d'avocat au cabinet Lombard, où il dit avoir appris à écrire grâce à l'un des associés auquel il voua ensuite une éternelle reconnaissance. Marc prêta serment en 2004, deux ans avant moi. Passionné de rugby du fait de ses origines clermontoises, il rejoignit le Rugby Club du Palais où il rencontra Yann, dans les vestiaires.

La première fois que j'ai observé Marc faire une annonce en deux temps, il s'adressait à la mère d'un type qu'il avait assisté devant le juge d'instruction :

« Bonjour Madame, Maître Sylberg au téléphone. Nous allons faire le maximum, mais il ne faut pas exclure le risque que votre fils soit placé en détention. »

Il a raccroché, m'a regardée et m'a dit que son client venait en réalité d'être envoyé à Fleury-Mérogis.

« Mais pourquoi tu ne lui as pas dit ?

— Je lui fais une annonce en deux temps : je la laisse d'abord digérer la possibilité que son fils puisse aller en zonzon. »

Deux heures plus tard, il a rappelé la mère :

« Madame, je suis vraiment désolé. On s'est bagarrés, les débats ont été houleux, mais je n'ai rien pu faire. Le juge a décidé d'incarcérer votre fils. »

L'annonce en deux temps s'avère une méthode efficace que Marc applique dans tous les domaines de sa vie, dès qu'il est porteur d'une nouvelle que le destinataire aura besoin de digérer. C'est sa marque de fabrique, qu'il aurait pu faire breveter. Et maintenant c'est à moi qu'on la fait.

Le médecin cherche à me faire comprendre que mon mari a des chances de mourir. Il m'explique que son taux d'oxygénation doit remonter rapidement et qu'à défaut, l'intubation sera inévitable. Je refuse de me contenter des éléments d'informations qu'il me balance : je veux en savoir davantage. Qu'est-ce que le taux d'oxygène dans le sang ? À partir de quel taux intube-t-on ? Est-ce douloureux ? Quelles sont les conséquences possibles ? Y a-t-il un risque de séquelles ?… En rafale, je pose les questions que mon angoisse me dicte. Mon challenge est de pousser le médecin à me donner un pronostic qui me donne satisfaction – comme si cela pouvait avoir un impact positif sur le développement réel de la maladie.

Toute notre histoire défile dans ma tête. Je me retrouve plongée douze ans plus tôt, en 2008, au 51 rue Étienne Marcel, lorsque je l'ai rencontré pour la première fois. Je ne me souviens pas précisément du mois. Je sais seulement que je portais un trench noir et une queue-de-cheval. J'avais 27 ans et allais passer mon entretien d'embauche chez Yann, pour ma seconde collaboration en tant qu'avocate. L'entretien terminé, Yann tint à me présenter son collaborateur. Marc me reçut dans son bureau, qui n'était pas très grand. Notre échange fut bref. Il avait l'air gentil, plutôt sérieux, mais il ne m'était pas non plus particulièrement sympathique ni tout à fait à mon goût. Aujourd'hui, je m'étonne de ne pas avoir su remarquer immédiatement son sens de l'humour, alors que c'était l'un de ses traits de caractère les plus marquants et précisément celui qui m'a séduite.

Au début de ma collaboration au cabinet de Yann, j'arrivais souvent en retard. Ces retards n'avaient rien d'accidentel : je devais assister aux circoncisions des fils de mes copines, qui pour la plupart avaient lieu tôt le matin. Je dus en célébrer trois en moins de quinze jours. La première fois que Marc me fit exploser de rire, nous étions au cabinet.

« Hello, désolée pour le retard, j'étais à une circoncision.

— Encore une circoncision ?! Qu'est-ce que vous faites de tous ces prépuces ? Des colliers ?! »

Cet échange me revient un soir, en couchant Ethel. Elle me dit :

« Il était vraiment drôle, Papa.

— Oui, et c'est justement son humour qui a fait que je suis tombée amoureuse de lui.

— Maman, comment vous vous êtes rencontrés, Papa et toi ? »

Je lui raconte que j'ai moi aussi été avocate pendant longtemps et que nous avons travaillé dans le même cabinet. Je lui explique que nous sommes tombés amoureux, avant de nous séparer, de nous disputer, de nous remettre ensemble, de nous séparer de nouveau... jusqu'au jour où nous nous sommes rendu compte que nous ne pouvions pas vivre l'un sans l'autre.

Elle me répond, comme une de mes copines aurait pu le faire :

« Oui, ben t'as rencontré quelqu'un de génial, quoi ! » Subjuguée par sa maturité, Je la regarde avec fierté, et à mon émotion s'ajoute un éclat de rire. Elle me dit :

« Mais tu ris ou tu pleures ?

—Les deux ! tu sais bien qu'on peut rire et pleurer à la fois ! »

Quand j'ai rencontré Marc, j'étais mariée à un autre : mon amour de jeunesse, Gabriel, que j'avais connu à dix-sept ans sur les bancs du lycée Carnot. Nous avions continué ensemble nos études de droit à la faculté d'Assas et naturellement, en suivant le chemin emprunté par notre entourage, nous avions décidé de nous marier. Mais nous passions peu de temps ensemble : lui avec ses potes, moi avec mes copines. Nous nous disputions régulièrement, quasiment sur tout. Malgré ça, nous envisagions alors d'avoir des enfants dans un avenir proche et souhaitions acheter notre premier appartement; j'étais chargée de la recherche et des visites.

De son côté, Marc vivait depuis quelques années avec Bérangère. Comme moi, il avait l'air persuadé qu'il passerait le reste de sa vie avec elle. Comme moi, il ne semblait pas vraiment épanoui.

À cette époque, nous avons fait quelques repas à quatre : Marc, Gabriel, Bérangère et moi. La première fois, c'était un samedi soir. Gabriel et moi prenions l'apéro à La Palette, rue de Seine, et ne savions pas quoi faire pour le dîner. J'ai suggéré d'inviter Marc et Bérangère à nous rejoindre, pensant qu'ils auraient probablement une soirée de prévue, mais ils ont accepté. Nous nous sommes retrouvés dans un restaurant du 5e arrondissement, en face de l'Institut du Monde Arabe, dans lequel Marc et Bérangère avaient leurs habitudes. Bérangère ne me parut pas désagréable, mais elle ne fut ni avenante ni chaleureuse. Sa personnalité m'attira beaucoup moins que celle de Marc, dont l'humour et la répartie me fascinaient déjà. Être à ses côtés me grisait et m'excitait, sans que j'ose le verbaliser. Mais je ne pouvais me cacher qu'à son contact, j'étais *high*.

Pendant le dîner, je sortis fumer une cigarette avec Bérangère. Je lui racontai un incident que j'avais subi une semaine plus tôt : Yann m'avait envoyé défendre un de ses clients au tribunal de Bobigny et j'avais refusé de dévoiler le fond du dossier à l'ami du client, invoquant le secret de l'instruction. Il m'avait insultée et menacée, et l'épisode m'avait particulièrement choquée. Alors que Gabriel m'avait apporté peu de soutien, Marc, lui, s'était montré empathique. Le jour même, il m'avait emmenée prendre un café pour me réconforter.

En août 2009, Marc et Bérangère ont assisté à mon mariage avec Gabriel, à Rome : une cérémonie avec 200 invités et des festivités qui s'étalaient sur un week-end entier. Pour la cérémonie, je portais une robe de mariée rose poudre, car je ne voulais ressembler à aucune autre mariée. Sur le haut de la robe étaient brodés les mots « Je t'aime / Gabriel / Rome », et sur mon voile la chanson « Avec » de Charles Aznavour qui était « notre » chanson.

Avec le recul, ce mariage me paraît avoir été davantage une mise en scène que l'union véritable de deux êtres. Je ne me souviens pas d'y avoir passé le moindre moment intime ou heureux avec Gabriel. Je n'arrivais pas à profiter du mariage. Je n'étais pas heureuse alors que j'avais tout pour l'être. Je me revois errer dans ce palais romain comme une âme en peine, alors que les invités étaient en train de dîner. J'étais à la fois crevée et mal à l'aise, fuyant ce monde, à la recherche de quelqu'un auprès de qui trouver refuge.

Plus tard, Marc m'a confié avoir été très touché par les petits cadeaux destinés aux invités : un éventail, un tee-shirt, un carnet des bonnes adresses romaines. Surtout, il m'a avoué : « C'est ce jour-là que je suis tombé amoureux de toi. » Je me suis longtemps demandé si ce n'était qu'une provocation. Mais quelque temps après sa mort, en triant ses affaires, j'ai retrouvé tout au fond d'une vieille boîte à chaussures pleine de papiers le carton d'invitation de mon mariage et la facture de son hôtel à Rome, et cela m'a fait sourire. Je l'entends encore me parler de mon premier mariage en répétant à l'envi : « Je suis le seul invité du premier mariage à avoir été présent au second. »

Après le mariage romain, je ne me sentis ni libérée ni plus épanouie dans ma relation. Les défauts s'accentuent une fois l'union scellée... Mes soirées et week-ends en couple m'enthousiasmaient de moins en moins. Je redoutais d'avoir à passer du temps avec mon mari, je craignais nos disputes. En parallèle, mes semaines au cabinet me passionnaient. Je me sentais de plus en plus grisée par la relation étroite et complice que j'entretenais avec Marc. Il m'impressionnait : il savait tout, connaissait tout, était au courant de tout. Il lisait la presse et savait chercher ce qui l'intéressait. Rien ne lui échappait. Il s'informait sur la vie sociale et politique et m'enseignait des astuces pour tout savoir sur l'actualité en un clin d'œil grâce aux réseaux sociaux. Il était d'une curiosité déconcertante, quel que soit le sujet. Régulièrement, je lui demandais :

« *Mais comment tu fais pour être au courant de tout ça ?* » Ce à quoi il répondait invariablement : « *Je me documente.* » Aujourd'hui je sais que j'étais déjà en train de tomber amoureuse. Mais je refusais de m'en apercevoir.

Marc et moi nous faisions découvrir mutuellement nos adresses préférées. Nous allions chez Robuchon deux fois par semaine, de façon officieuse — qui aurait trouvé normal que des collègues passent tous leurs déjeuners dans des restaurants gastronomiques ? Nous buvions souvent l'apéro ensemble en sortant du cabinet. Nous parlions beaucoup, avions toujours quelque chose à nous raconter, n'étions jamais rassasiés des anecdotes que nous nous confions, voulant arriver à une connaissance parfaite l'un de l'autre. Nous évoquions aussi nos vies sexuelles respectives. Je me souviens d'une conversation au café Étienne Marcel, à la fin d'un déjeuner :

« Moi je n'aime pas particulièrement le cul, lui confiai-je. Et puis le soir, j'ai la flemme, je suis crevée, je m'endors devant la télé.

— Ce n'est pas possible. Tu aimes trop la vie pour ne pas aimer le cul. C'est parce que tu ne sais pas ce que c'est. »

Je fis la moue, dubitative.

Mais alors même qu'il ne s'était encore rien passé physiquement entre nous, il y avait déjà, lorsque nous étions ensemble, une espèce de pétillement, une évidence que nous ne ressentions pas dans nos couples respectifs. Et bientôt, notre intimité devint pour moi une obsession.

J'ai pris conscience des sentiments de Marc pour moi le jour de son anniversaire, le 27 juillet 2010. Je cherchais un endroit qui lui ferait plaisir. J'avais passé quelques coups de fil dans des restaurants étoilés, mais la plupart étaient déjà fermés pour l'été. Je trouvai une table au Pré Catelan pour le déjeuner. En semaine, nous étions censés bosser au cabinet, mais j'ai quand même pris la réservation.

Bien sûr, nous avons caché ce déjeuner à nos conjoints respectifs. Je savais bien que ce n'était pas normal mais je restais dans le déni de mes sentiments naissants. Les serveurs nous prirent pour un couple – pourquoi en aurait-il été autrement ? Nous avons passé un moment délicieux, et Marc ponctua chaque plat d'un « c'est sublime », comme à son habitude.

Alors qu'on sortait du restaurant pour se diriger vers la voiture, je le trouvai bizarre, il marchait lentement. Je compris qu'il allait essayer de m'embrasser. Je changeai de sujet et fis en sorte de casser le rythme pour éviter qu'il ne tente quelque chose. Rien ne se passa, mais c'était trop tard, le doute s'était instillé dans mon esprit.

Le lendemain, Marc m'emmena passer l'après-midi à la piscine d'un hôtel à Barbizon. On sécha le travail, prétextant une audience ou des rendez-vous. On y alla avec sa voiture. On se fit écouter mutuellement nos chansons préférées sur le trajet, parmi lesquelles L.O.V.E de Nat King Cole : « *L, is for the way you look at me. O, is for the only one I see. V, is very very extraordinary. E is even more than anyone that you adore.* »

Après avoir déjeuné, on enfila nos maillots de bain. On se baigna, on se marra. Je lui dis, alors qu'il me draguait ouvertement : « Laisse tomber, je ne quitterai jamais mon mari. » Il ne se passa rien entre nous physiquement, mais nous étions déjà dans le mensonge et le désir.

À partir de là, la relation alla *crescendo*.

Fin juillet, seuls au cabinet, nous échangeâmes notre premier baiser. Nous étions à la veille de nos départs en vacances respectifs, lui dans les Alpilles avec Bérangère, moi au Vietnam avec Gabriel et un couple d'amis.

Marc et moi nous sommes dit au revoir la mort dans l'âme. Il était devenu indispensable à ma vie et j'étais désormais pleinement consciente de ce qui me manquait avec Gabriel. Marc me faisait vibrer, me faisait rire, en permanence. Il savait verbaliser son amour, il m'idéalisait, il anticipait mes volontés, il devinait à l'avance quel mot j'allais dire, il ne cherchait qu'à me faire plaisir. Avant même notre premier baiser, nous étions déjà fusionnels, inséparables. À son contact, je planais. Bref, j'étais mordue. Mais je pensais alors que c'était passager, une aventure : je n'envisageais pas encore qu'il soit possible de me séparer de Gabriel.

Tout au long des vacances, j'entretins une relation épistolaire avec Marc.

Je guettais chaque mail reçu sur mon téléphone, au rythme du décalage horaire qui nous séparait. Je me levais la nuit et m'enfermais dans les toilettes, me

délectant de l'ouverture de chaque nouveau message. Nous nous racontions nos journées, nos vacances, nos pensées, nos états d'âme, nos lectures. Le hasard voulut que pendant ce séjour, je lise *Quand souffle le vent du Nord* de Daniel Glattauer. C'est l'histoire d'un homme et d'une femme qui, sans se connaître, échangent des mails jusqu'à tomber amoureux et ne plus pouvoir se passer l'un de l'autre. J'en parlai à Marc qui s'empressa d'acheter le bouquin pour le lire en même temps que moi. C'était très intense et je me sentis grisée, quasi euphorique. À notre relation épistolaire se superposait celle de notre roman. Une jolie mise en abyme !

Fin août, nous sommes rentrés de vacances. Nous tombâmes dans les bras l'un de l'autre. Notre relation prit un autre tournant. Le manque nous avait envahis.

Début septembre, Marc et Yann allèrent voir un match de rugby. Le lendemain matin, je découvris un message de Marc qui m'annonçait que Yann avait eu un accident de scooter assez sérieux sur le chemin du stade. Une heure plus tard, je le retrouvai au cabinet : il avait tout pris en main. Il avait préparé quelques affaires de Yann pour les lui apporter à l'hôpital, s'était occupé de prévenir ses clients, de faire renvoyer ses audiences. J'étais impressionnée par son flegme et son calme dans cette situation d'urgence.

C'est ainsi que courant septembre, nous avons fait l'amour pour la première fois. Nous étions seuls au cabinet, ce qui tombait bien puisque nous n'avions pas de garçonnière. L'inconfort de mon bureau en verre n'altéra pas la synergie de nos corps qui se rencontraient. Marc est altruiste ; son plaisir est de me faire plaisir. Cette alchimie fut une découverte pour moi. Elle consolida mon amour pour lui. Le cabinet devint le lieu de nos retrouvailles, tôt le matin avant que les autres n'arrivent. Ou presque… Un matin, on manqua de se faire surprendre par Yann. Nous nous sommes rhabillés à la hâte en entendant son tour de clé dans la serrure et chacun se remit à son bureau, les joues rougies, comme si de rien n'était. Yann n'avait pas l'air dupe, mais son sourire était à la fois complice et bienveillant.

Il nous arrivait aussi de nous rabattre sur l'hôtel – la première fois, dans un petit établissement sur la place de la Sorbonne. D'autres fois, ce fut plus compliqué. Comme ce jour de septembre : on parcourut Paris en scooter à la recherche d'une chambre disponible. Un vrai parcours du combattant. Je nous revois interroger tour à tour les réceptionnistes d'une vingtaine d'hôtels du centre de Paris, désespérés ! À chaque fois, Marc m'attendait devant l'hôtel, sur son scooter. Je revenais vers lui, mon casque à la main, en secouant la tête pour signifier qu'il était complet. Fou rire. Nous finîmes par comprendre qu'on était en pleine *fashion week*. Mais comme nous étions tous les deux aussi obsessionnels que fous d'amour, nous avons fini par en trouver un, place Saint-Georges. Nous montâmes dans l'ascenseur avec toute l'impatience de notre désir.

On devint indécollables. Rentrer chez nous à la fin de la journée était un supplice. Attendre douze heures avant de se revoir relevait de la torture.

Marc et Gabriel avaient un point commun étonnant – probablement le seul d'ailleurs : l'Auvergne. Marc est né à Clermont-Ferrand, il y a commencé ses études de droit avant de « monter à Paris » pour terminer ses études à la Sorbonne. Gabriel, lui, y passait ses étés avec son père. Il souhaitait depuis longtemps m'y emmener pour l'estive. Je ne savais même pas ce que ce mot signifiait. Je compris vaguement qu'il s'agissait de descendre les vaches de la montagne vers la plaine pour y passer l'automne et l'hiver. L'idée m'enchantait assez peu, moi la Parisienne perchée à l'époque sur des talons de 12 centimètres, peu habituée à côtoyer la nature ou les vaches une fois passées les frontières normandes. Et puis, dans ma tête, j'avais déserté notre couple. Mais je me sentis contrainte d'accepter. Nous y allâmes dans le courant de l'automne. Ce long week-end me retourna le bide. J'étais constamment avec Gabriel. Impossible d'appeler Marc ni même d'échanger le moindre message. Nous conduisîmes les vaches à travers les paysages d'Auvergne. J'étais transie alors que je portais mes vêtements les plus chauds. Le temps passa lentement, très lentement. Je ne comprenais pas ce que je faisais là. Je comptais les jours, puis les heures, avant notre retour à Paris et au cabinet.

Le lundi matin, mes retrouvailles avec Marc furent extraordinaires. On se jeta dans les bras de l'autre comme si on ne s'était pas vus depuis des mois. Ces quelques jours d'absence nous avaient été insupportables. J'avais le sentiment de respirer de nouveau.

Tous les quinze jours, on se fixait une date pour arrêter notre relation, car ni lui ni moi ne nous sentions capables de quitter nos conjoints. Et tous les quinze jours, on repoussait le délai « une dernière fois ». On s'aimait trop pour se quitter.

Je n'arrivais à stopper ni l'emballement de mon cœur, ni mes recherches immobilières.

Vers la fin du mois d'octobre, je visitai avec Gabriel un appartement qui correspondait à nos critères, rue Notre-Dame-de-Lorette, dans le 9e arrondissement. La machine était lancée. Je ne savais pas comment l'arrêter.

Nous avons fait une offre qui fut acceptée par les vendeurs.

J'étais dans la merde.

La mort dans l'âme, je me rendis à la signature de la promesse de vente chez le notaire.

J'étais sacrément dans la merde.

Je me dis que j'avais exactement sept jours, les sept jours du délai de rétractation, pour mettre fin à ma relation avec Gabriel. Le compte à rebours commença.

Mais comment ? Impossible de dire la vérité, il allait être anéanti.

J'avais une boule au ventre. Je ne savais comment m'y prendre ni par où commencer. Parler à Gabriel me semblait aussi insurmontable qu'indispensable. Je me sentais à poil mais gonflée par mon amour pour Marc. Je compris à cet instant ce qu'être tiraillée veut dire. J'aurais voulu épargner Gabriel, le protéger. Mais j'étais happée par ma volonté de retrouver Marc, impuissante devant la force de mes sentiments.

Je confiai tout à ma sœur. Elle tomba des nues. Elle ne se sentait pas capable de m'aider à prendre une décision. Elle en parla à Benjamin, son mari. J'étais contrariée, mais j'acceptai de parler à mon beau-frère. Nous étions dans notre maison de campagne, en Normandie. Gabriel était là, mais je m'isolai avec Benjamin. Sa réaction fut à l'exact opposé du jugement que je redoutais.

« Keren m'a expliqué. Prenons les choses les unes après les autres. Tu ne peux pas acheter cet appartement. Tu vas d'abord te rétracter. Ensuite, tu verras ce que tu décides de faire avec Gabriel. Ne fais rien précipitamment et prends le temps de réfléchir. »

J'étais soulagée. J'ai une entière confiance en Benjamin. Il est pragmatique, mesuré, bienveillant. Et il est loin d'être con : c'est un brillant avocat d'affaires, d'autant plus impressionnant qu'il est d'une humilité à toute épreuve.

Nous rentrâmes à Paris à la fin du week-end. Après avoir repoussé le moment, je finis par appeler mon père au beau milieu de la journée. Je lui demandai de venir prendre un café en bas du cabinet. Il arriva tendu, inquiet de savoir ce que j'allais lui annoncer. Sans doute se dit-il, comme d'habitude, que j'étais capable de tout…

« Je ne sais pas si j'aime encore Gabriel. En tout cas, ce dont je suis sûre, c'est que je ne veux pas acheter cet appartement. »

Je ne lui parlai pas du tout de Marc.

Je revois encore mon père prendre une grande inspiration, comme il le fait à l'annonce d'une nouvelle mauvaise, ou déstabilisante. Son pragmatisme légendaire prit vite le dessus :

« Ok, ma fille, je te prépare le recommandé, tu le signes et on l'envoie. Et maintenant, il faut que tu parles à Gabriel… »

Le soir, je rentrai à la maison. Cette fois je n'attendis pas. Je marchai vers Gabriel et dis :

« Je ne suis pas bien. J'ai des doutes. Je ne sais pas où j'en suis. Je ne sais pas ce que je veux. Je préfère qu'on se rétracte de l'achat de l'appartement. J'ai besoin de réfléchir. »

Gabriel changea de couleur. Le sang quitta son visage. Il resta muet, complètement abattu. Il ne s'y attendait pas du tout. Je me serais presque étonnée devant sa surprise car j'étais on ne peut plus lisible, totalement incapable de masquer mes émotions. Mais quand on ne veut pas voir…

Je ne savais pas ce qu'il pensait, ce qu'il attendait, ni s'il réalisait ce qui était en train de se passer. Puis il se réveilla et me questionna :

« Qu'est-ce qui se passe ? Depuis quand ? Tu ne m'aimes plus ? Tu as quelqu'un ? »

Et puis il essaya de me convaincre – de nous convaincre :

« Ça va aller… Ça arrive, ça peut arriver. C'est normal dans un couple. »

La réaction de Gabriel fut la pire de toutes celles que je pouvais attendre. Il fut exemplaire. Il faisait tout pour me reconquérir. Il se remit en question, alla voir un psy, prit des billets d'avion pour m'emmener déjeuner à la Petite Maison à Nice, un restaurant que j'adore. Pendant trois semaines, je fis l'objet d'une cour incessante. C'était infernal. La culpabilité me rongeait à chaque instant.

On était fin décembre 2010. Je n'y tenais plus. Je devais quitter Gabriel. J'allais quitter Gabriel. Pour Marc. C'était inévitable. Je suis intolérante à la frustration, comme d'autres le sont au lactose. Et là plus que jamais.

Je décidai de lui faire une annonce en deux temps.

« Je voudrais qu'on fasse une pause. Je vais aller vivre quelque temps chez Keren et Benjamin. »

Gabriel ne mangeait plus, ne dormait plus. Il m'en voulut à mort quand il vit que je préparais ma valise.

Il quitta la chambre pour aller dormir sur le canapé du salon.

Je partis tôt le lendemain matin, car c'était la circoncision du fils de mon cousin. J'allai dire au revoir à Gabriel qui dormait encore. Quand il vit la taille de ma valise, énorme, il me repoussa et m'ordonna de me casser.

Je m'installai donc chez ma sœur, avec son mari et leurs jumeaux de dix-huit mois.

De son côté, Marc prit aussi ses distances avec Bérangère en commençant par faire une pause, prétextant s'installer provisoirement chez un copain. Nous évoquâmes ensemble nos culpabilités respectives.

Vint le week-end de Noël que Marc et moi avions prévu de passer ensemble, à Lyons-la-Forêt. Nous réservâmes dans un hôtel charmant une petite suite très confortable, aussi rustique que raffinée. Je ne me suis probablement jamais autant sentie planer que pendant ce week-end. Tout fut parfait, magique, fluide. Comme dans un film romantique. On se souriait bêtement, en permanence. On était attirés l'un vers l'autre et remplis de désir. J'aimais plus que tout me blottir dans les bras de Marc, au creux de son épaule gauche. J'entourais de mon bras son ventre généreux et réconfortant. Je me réveillais la nuit pour lui dire que je l'aimais. C'était d'un autre niveau que les papillons dans le ventre : j'avais l'extraordinaire sensation d'être en train d'exploser d'amour.

Marc était un homme, un vrai, mon *mensch*. Je l'avais enfin trouvé.

Je ne donnai aucune nouvelle à Gabriel pendant ce mois de décembre. Tous nos amis respectifs m'appelaient, essayaient de comprendre et de me raisonner. Évidemment, ils pissaient dans un violon. Je savais au fond de moi que je ne me comportais pas bien et que Gabriel ne devait rien comprendre à mon départ brutal et sans explication. Mais j'étais incapable de faire autrement.

Marc et moi trouvâmes un appartement meublé en location saisonnière, rue Joseph Bara, à côté d'Assas où j'avais fait mes études de droit. Nous devions y emménager courant janvier, sans que personne ne le sache.

Je finis par rappeler Gabriel pour mettre un terme définitif à notre relation. Le deuxième volet de l'annonce en deux temps. Il s'en doutait, cette fois. J'allai chez nous – chez lui maintenant. Je savais que j'allais le détruire. Je lui donnai une explication qui botta en touche : je lui dis que j'avais supporté trop longtemps nos disputes, que j'en avais gros sur la patate, que trop de rancœurs s'étaient accumulées, que « la marmite avait explosé », que je n'étais plus amoureuse, que je voulais divorcer. Je voulus lui rendre ma bague de fiançailles, mais il me la jeta au visage.

« Qu'est-ce que tu veux que j'en fasse ? Que je la donne plus tard à ma fille ? »

Marc et moi avions prévu un autre week-end pour le Nouvel An, dans un boutique-hôtel en Bourgogne. Je n'avais pas de doute qu'il serait aussi idyllique que le précédent. Le cadre était tout aussi merveilleux. Mais le deuxième jour, je le sentis « tourner ». Il refusa de parler et de me dire ce qui se passait. Il n'était plus le même, j'avais l'impression d'être avec un autre, je ne le reconnaissais plus. On se déchira et on rentra à Paris plus tôt.

Nous emménageâmes malgré tout rue Joseph Bara, mais l'atmosphère n'était plus la même.

À partir de là, il procrastina. C'est l'un de ses pires défauts. Il n'arrivait pas à rompre définitivement avec Bérangère, avec qui il avait des projets d'enfants. Elle réagissait très mal et il avait peur de la quitter, elle et leur chienne, Effie – c'est Marc qui avait choisi son nom en hommage à Patrick Abitbol, dans *La Vérité si je mens*. Je haïssais ce chien, que je trouvais terriblement laid. J'étais comme une belle-mère avec l'enfant de son nouveau mari.

Marc avait le cul entre deux chaises – les deux chaises étant l'amour et la culpabilité.

Sa réaction m'effraya autant qu'elle me déçut. Il retourna rapidement rue de Turbigo, en me plantant à Bara. J'étais hystérique, dévastée. Je me souviens d'une engueulade dans la rue, en bas de l'appartement, à l'angle de la rue d'Assas, il faisait nuit, il faisait froid. Je hurlais, j'essayais de trouver les mots pour qu'il ait un putain de déclic, qu'il abandonne enfin sa culpabilité de merde. Marc exécrait que je fasse ce genre de scène en public. Rien n'y fit. Je le détestais.

J'ai divorcé civilement de Gabriel en mai 2011. Sans enfants ni appartement commun, il n'y avait aucun enjeu, si ce n'est d'affronter ce moment peu agréable ensemble au Palais de Justice. J'avais quitté Gabriel pour Marc. Sauf que je n'étais plus avec Marc. *Gloups*. J'étais seule dans cet appartement, avec des meubles qui n'étaient pas les miens et des placards à moitié vides. Mon conte de fées s'arrêta net.

Fin janvier 2020, service de réanimation de l'hôpital Saint-Louis.

Marc est installé dans une grande salle emplie de bruits, de machines et de robots. Aux côtés d'autres malades, qui tous portent un numéro, qui tous ignorent s'il leur portera bonheur. Marc est le n° 7. J'aime bien ce chiffre. Je m'efforce d'y voir un signe.

Dans cet *open space* où je passe mes journées aux côtés de mon mari, j'ai le tournis. À cause du bruit incessant, de la lumière blanche qui agresse la vue de jour comme de nuit. Marc me demande de lui acheter une horloge numérique car la luminosité constante lui fait perdre la notion du temps. Je scrute en permanence la salle à la recherche d'un médecin ; j'écoute les échanges entre les internes pour essayer de glaner des informations... En vain. Dans cette lumière éclatante, je suis dans le noir.

Est-ce que Marc va récupérer assez rapidement de l'oxygène et s'en sortir ? Quand cette saloperie de bactérie va-t-elle enfin nous foutre la paix ?

Tous les soirs, en rentrant à la maison, je fais bonne figure. Après ces journées longues et éprouvantes, je tâche d'être calme pour mes enfants. Je pense au film de Roberto Begnini dans lequel un père essaie de faire croire à son fils que la Shoah est un jeu, une fiction. J'ai l'impression de me dédoubler : Docteur Jekyll la journée, en mode robot au rythme du service de réanimation, et Mister Hyde le soir avec mes enfants, aussi douce et zen que possible.

Puis l'état de Marc semble s'améliorer petit à petit, mais aucun médecin ne prend cependant le temps de confirmer cette impression. J'interroge quotidiennement les internes. Finalement, Marc évite l'intubation que l'on redoutait lors de son admission. Au bout d'une semaine, il sort de réanimation pour rejoindre le service des maladies infectieuses.

Je crois alors qu'il est sauvé.

Après quelques jours au service infectieux, où rien de notoire n'est à signaler, Marc est autorisé à rentrer à la maison avec ses morphiniques et ses antibiotiques. Il souffre toujours du poignet mais tout le monde semble trouver ça normal.

Marc fait deux vœux étonnants au sortir de cet épisode de septicémie : il souhaite que nous fassions la prière de shabbat tous les vendredis soir avec les enfants, et il décide d'arrêter de manger du porc.

Marc est ce que je pourrais appeler un faux ami : un « Sylberg » non juif.

Gabriella, sa mère, est italienne catholique, d'une famille de petits-bourgeois de Turin. Son père, Roger, est né à Vichy en 1943 d'une famille juive, les Zylberberg, nom qui sera changé en « Sylberg ». Leur union est un choc culturel pour leurs parents respectifs : Gabriella aime à rappeler qu'elle se faisait traiter de « goy » par sa propre belle-mère. Pour résoudre ces difficultés, les parents de Marc décident de ne rien transmettre à leurs enfants sur le plan religieux.

Ils s'installent à Clermont-Ferrand, alors que mon beau-père vivait auparavant à Paris et ma belle-mère en Italie. Marc raconte que Clermont a été choisie en traçant un point médian sur une carte entre Paris et Turin. J'ai récemment entendu une version différente : Gabriella affirme que Roger et elle ont choisi Clermont parce que les parents de Roger ont été cachés en Auvergne pendant la guerre et qu'ils aimaient y retourner chaque été.

Quand je le rencontre, Marc est donc fermement athée. Mais à mes côtés, il renoue peu à peu avec ses origines juives. Il découvre le judaïsme, dont il ignorait tout en dépit de « sa grand-mère juive » dont il s'occupait tous les jours pendant ses études à la Sorbonne. Une grand-mère qui parlait yiddish, cuisinait des *ferfeles* et du *leiker,* et fut enterrée religieusement par un rabbin. En 2016, lors de l'enterrement de mon grand-père maternel au cimetière de Bagneux, Marc s'aperçoit que cette grand-mère, Zelda (qui porte le même prénom que ma cousine), est inhumée presque en face du caveau de mon grand-père. Nous interprétons ces coïncidences comme un signe. Je me souviendrai toujours du père de Marc, à la fin du premier Kippour passé ensemble dans notre synagogue, se tournant vers moi les yeux remplis de larmes : « Merci de faire avec tes enfants ce que je n'ai pas fait avec les miens. » La messe est dite, je crois. Ma mère, elle, est persuadée que ce n'est pas un hasard si Marc a épousé une juive. Il lui répond pour l'emmerder que c'est plutôt grâce à mes mains bien faites et à mes gros seins !

Au fil du temps, l'ambivalence religieuse de Marc s'estompe. J'ai d'ailleurs interdiction de dire aux enfants qu'il n'est pas juif.

Début février 2020, Marc est donc de retour à la maison. Je suis soulagée, j'ai le sentiment de sortir enfin d'une période terrible. Je ne sais pas encore que la parenthèse de cet épisode ne se refermera jamais.

Les jours passent, et son poignet ne va pas mieux, malgré les antidouleurs quotidiens. Je m'inquiète. Je m'en veux d'avoir laissé Marc quitter l'hôpital Saint-Louis sans avoir planifié un rendez-vous de contrôle ni obtenu les coordonnées d'un interlocuteur en cas de problème. Devant la persistance des douleurs, je demande à notre entourage médical de nous obtenir un rendez-vous chez un médecin spécialisé.

Le 12 février en fin de matinée, le Docteur D. nous reçoit à son cabinet, boulevard de Courcelles. Il regarde les clichés, ausculte le poignet de Marc et nous annonce qu'il faut opérer en urgence. Il explique qu'on ne peut pas réellement savoir ce qui se passe à l'intérieur du poignet mais qu'à l'œil nu, l'infection y est vraisemblablement toujours présente. Son argument est limpide : si on opère, on prend certes un risque, mais si on n'opère pas, on prend un risque peut-être encore plus grand… Quand Marc lui demande sous quel délai, sa réponse, cinglante, montre l'urgence de la situation : « Cette après-midi même. J'opère à la clinique Chazelles, au coin de la rue. »

La machine se remballe.

On rentre à la maison en toute hâte, on prépare un sac avec le strict nécessaire, puis on repart à toute vitesse pour la clinique. Je suis très tendue pendant l'opération. Je ne peux rien avaler, je clope beaucoup. Et comme à Saint-Louis, je tremble.

Heureusement, l'opération se déroule bien. Sacrée cicatrice tout de même.

Marc doit rester hospitalisé une grosse semaine, pendant laquelle la France connaît une actualité médiatique assez dense : en plus de la campagne pour les municipales (chargée, à Paris, d'un scandale autour de la diffusion sur Internet d'une vidéo privée d'un candidat – vidéo qui parvient à arracher à Marc un sourire malgré ses souffrances), la France affronte le début de la pandémie de Covid-19. Les premiers cas parisiens sont soignés à Cochin. Marc se dit chanceux de ne plus être dans un CHU et de rester loin de ce nouveau virus qui ne rassure personne.

Cette fois encore, nous expliquons la situation aux enfants.

Contrairement à la première hospitalisation, ils pourront communiquer avec leur père, notamment par vidéo, et ça leur fait du bien.

Alors que nous cherchons les mots justes pour expliquer à nos enfants les situations difficiles que nous traversons, je constate un vrai décalage générationnel face à la maladie. Quand nous-mêmes étions enfants, nos parents préféraient ne pas dire la vérité, pour nous épargner toute inquiétude. Ils pensaient évidemment bien faire. La dernière fois que j'ai eu conscience d'être victime de cette méthode du « non-dit bienveillant », c'était en 2011. Ma mère devait se faire retirer des polypes. Ma sœur et moi étions dans un taxi vers l'hôpital pour aller la soutenir avant l'intervention. D'un coup, j'eus une fulgurance : « Maman a un cancer et les parents essaient de nous le cacher. » Je les interrogeai dès notre arrivée à l'hôpital et ils reconnurent avoir édulcoré la réalité « pour nous protéger ».

À l'inverse, aujourd'hui, les psys recommandent de ne jamais mentir aux enfants : il vaut mieux leur parler avec des mots adaptés, pour éviter mensonges et non-dits qui rajoutent au trauma. C'est pourquoi je ne raconte jamais de conneries à mes enfants. Et j'apprends avec eux qu'il est possible d'être joyeuse même avec le cœur lourd. En voiture, je mets une playlist entraînante et gaie que nous chantonnons ensemble, malgré l'angoisse et la détresse.

Une semaine après son opération du poignet, Marc sort de la clinique. Le chirurgien exige que l'on fasse des IRM pour contrôler l'évolution. Il ne peut s'empêcher de montrer son inquiétude – et donc de nous la communiquer. Nous sortons de chaque consultation déprimés : « Vous ne pourrez jamais plus vous servir de votre poignet comme avant... Il faudra peut-être rouvrir, mais toujours avec un risque infectieux. Le golf, vous pouvez oublier. On fera le point après une année de rééducation assidue, trois fois par semaine. »

Il n'y a rien de pire, pour briser quelqu'un, que de lui interdire ses passions. Et Marc est un passionné. Il aime le rugby, le tennis, le ski, la lecture. Mais ce qu'il aime par-dessus tout, c'est le golf, même s'il ne s'y est mis qu'à quarante ans. Autodidacte, il a toujours refusé de prendre la moindre leçon, malgré les conseils insistants de mon père. Il a appris à jouer en regardant les tournois à la télé des heures durant. Et voilà qu'on lui annonce, sans aucune précaution, qu'il risque de ne plus jamais pouvoir jouer.

Après un temps de latence pour encaisser le coup, je mesure la force de caractère de mon mari. Il refuse d'accepter cette impossibilité comme définitive et dit simplement aux enfants qu'il ne pourra rejouer que « dans beaucoup de dodos ». Je l'admire à cet instant précis, j'admire la détermination que lui donne son goût pour la vie : il se lance rageusement dans la rééducation, chez deux kinés différents pour avoir deux approches et pouvoir ensuite choisir celle qui le guérira le mieux. C'est douloureux, difficile, chronophage, mais il est armé de force et de courage, il tient bon, il se bagarre.

Privé de son scooter qu'il chérissait pour la liberté qu'il lui offrait, il se rend à ses séances de rééducation à pied. Il reprend le travail, rattrape les semaines perdues à l'hôpital, et tâche de rassurer ses clients. « C'est pas le tout, mais faut se remettre au boulot ! », clame-t-il.

Après l'hosto, le confinement. Le Covid-19 traverse le pays, qui se confine à la mi-mars. Mes parents, ma sœur et sa famille se réfugient dans notre maison de campagne en Normandie. Marc et moi préférons rester à Paris pour ne pas être trop nombreux là-bas.

Je vis alors avec un sentiment de déréalité. On fait nos courses alimentaires sur Internet. On a peur d'oublier le moindre truc. Je descends faire l'appoint avec mes gants de ménage roses montés jusqu'aux coudes. Chaque paquet qui entre dans la maison passe 24 heures sur le balcon avant d'être manipulé. On se bat pour un paquet de levure ou de farine au supermarché. Les livraisons sont une psychose pour Marc : je dois mettre un masque chaque fois que je récupère les paquets pourtant laissés devant la porte par un livreur. On achète des boîtes de masques chirurgicaux par dizaines de peur d'en manquer, et les FFP2 sont en rupture de stock, on est aux prémices des masques en tissus à motifs originaux. Marcher dans la rue dix minutes pour voir la lumière du jour nous donne l'impression d'être des condamnés sortant de prison… Marc et moi avalons les cinq saisons du *Bureau des Légendes* et lisons de manière compulsive. Marc dévore *Les Trois Mousquetaires* et les trois tomes du *Vicomte de Bragelonne*. Pour la fête des pères, les enfants lui offrent un marque-page gravé : « Papa tu es notre Roi. »

Nous passons du temps tous les quatre, comme on ne le refera jamais plus.

Si la maladie ne flottait pas au-dessus de nous comme un fantôme, on pourrait presque dire que cette période de confinement est extraordinaire. Marc est heureux car il travaille peu et profite de nous. Je m'occupe de la maison et des enfants. Même si je grogne chaque lundi en changeant les draps, en me perdant dans la housse de couette, je trouve cette période inédite formidable d'un point de vue familial. Je cuisine beaucoup, je fais du yoga, du ménage, j'aménage notre micro terrasse, je joue au Times Up avec les enfants et je fais quelques réunions Zoom. Je découvre la méthode Montessori grâce à ma fille que j'aide dans son apprentissage de l'écriture. Les journées sont bien rythmées, ça roule. Les enfants, heureux d'être seuls avec nous pendant ces semaines si particulières, ne semblent pas souffrir de l'enfermement. Contrairement à la plupart des familles qui sortent une à deux fois par jour faire le tour du pâté de maisons, Ethel et Adam ne mettent pas le nez dehors pendant deux mois. Marc refuse catégoriquement. Au-delà du covid, au-delà de sa septicémie, Marc a un rapport très particulier à la maladie. Il fait beaucoup d'automédication et a des théories très arrêtées, comme prendre une douche quand il a une migraine, avaler deux Dafalgan plutôt que du Doliprane, ne pas manger certains aliments pour éviter les remontées acides ou dévorer un Quick un lendemain de cuite. Quand il a un rhume, il ne m'embrasse pas. Et jamais aucun enfant, même d'un de nos proches amis, n'a été autorisé à franchir le seuil de notre appartement s'il avait une conjonctivite ou un début de fièvre.

Marc continue seul ses séances de rééducation, sans kiné, de manière assidue et courageuse, et il progresse beaucoup. Mais il n'est pas en forme pendant ce confinement. On a beau imputer sa fatigue à sa septicémie, on sent bien que quelque chose ne va pas.

Peu avant la fin du confinement, nous partons en Normandie rejoindre ma famille.

Notre maison de campagne familiale est située au Breuil-en-Auge, entre Pont-l'Évêque et Lisieux. Mes parents l'ont achetée en 2000. C'est une grande maison, isolée, avec un très beau jardin. Elle est composée de plusieurs bâtiments : la maison principale, occupée par mes parents, et une grande bâtisse de l'autre côté du jardin, que ma sœur et sa famille ont investie. Jouxtant ce deuxième bâtiment, il y a ce qu'on appelle l'Annexe, une petite maison mitoyenne de celle de ma sœur, construite plus récemment, où logent généralement les invités. Ces trois maisons sont typiques de l'architecture normande : des maisons en colombage, des volets peints en bleu. Les deux grandes maisons sont reliées par un petit chemin bétonné que mes parents ont fait construire pour mon grand-père maternel âgé, qui avait des difficultés pour marcher.

Du temps de Gabriel, je dormais au premier étage de la maison de ma sœur. Au début de ma relation avec Marc, alors que nous n'avions pas encore d'enfants, nous nous étions rapatriés dans la maison de mes parents, au calme, pour éviter les cris de mes neveux et leurs réveils matinaux.

Nous passons une grande partie de nos étés dans cette maison, qui est la maison du bonheur pour nous comme pour les enfants : trampoline, balançoire, pétanque, voiture de golf et j'en passe, les petits y sont heureux. Marc joue au golf, passionnément, et ne passe jamais un week-end sans faire un parcours ou taper des balles au *practice*. Quant à moi, je lis beaucoup, je me fais masser, je fais du yoga, mais la plupart du temps je ne fais rien, et les journées passent à une vitesse extraordinaire.

Marc a découvert le Breuil pour la première fois en 2011, le week-end de Pâques. Un soir, à 18 heures, Marc demanda qui prenait l'apéro. Ma mère répondit du tac au tac : « Toi, Marc ! ». Il but son pastis seul et dépité. Pourtant, quelques années plus tard, ma mère vanta, parmi les qualités de Marc, celle de nous avoir fait découvrir le concept de l'apéro.

En cette fin de confinement, nous sommes tous ensemble en famille, au bon air normand. Marc, qui a perdu dix kilos pendant ses hospitalisations, continue de maigrir tout en mangeant, et il n'en est pas peu fier. Ça lui va drôlement bien. On pense alors que sa perte de poids est la conséquence de sa septicémie. Ce qu'on ne sait pas encore, c'est qu'elle est surtout le prélude du drame qui nous guette.

Marc n'est globalement pas en forme. Il fait des bilans réguliers et son taux infectieux – la CRP – est élevé, sans qu'on sache pourquoi. Il se plaint de douleurs intercostales, notamment au moment des repas. Il flippe terriblement du covid et impose une pression énorme à l'ensemble de la famille. Les enfants doivent respecter la distanciation sociale avec leurs cousins, même dans le jardin. Il est stressé, tendu à l'extrême, et désagréable. Son angoisse crée une certaine tension dans la Maison du Bonheur.

Marc est quelqu'un qui ne fait aucun effort : tout se lit sur son visage. Il ne sait tout simplement pas faire semblant. Ce manque d'effort me met très mal à l'aise et il est souvent à l'origine de disputes entre nous. J'ai donc décidé d'inventer un nom de code que je lui chuchote lorsque nous sommes en public, pour lui rappeler de faire le minimum syndical. « Prouti », c'est notre mot – subtile référence à un vent coincé !

Le 18 mai est l'anniversaire des jumeaux de ma sœur. Les enfants jouent ensemble dans le jardin et Marc les regarde du coin de l'œil. Je l'entends s'énerver à chaque fois que l'un s'approche trop près de l'autre. Je me fâche discrètement. Je lui explique que même si son angoisse est compréhensible, il se montre vraiment trop désagréable. Je crois qu'il m'entend. Je le vois quelques minutes après s'excuser auprès de ma sœur, en lui expliquant le cheminement de ses frayeurs. « J'ai envie de voir mes enfants grandir. » Cette émotion, cette vulnérabilité ne lui sont pas habituelles. Marc a l'incontestable qualité de savoir se remettre en question.

À chaque fois qu'on reçoit ses nouvelles analyses de sang, Marc et moi faisons un « carré de deux » dans l'espoir que la CRP ait enfin cessé d'augmenter.

Le carré de deux est né au mois de décembre 2010. Je venais de quitter Gabriel et de m'installer chez ma sœur. Je profitai d'une audience de Marc en province pour le rejoindre et passer notre première nuit ensemble. Ce soir-là, nous sommes allés au casino. J'étais assise sur ses genoux, devant une machine à poker. Je sélectionnais d'une main les cartes à conserver tandis qu'il appuyait sur le bouton pour les valider. Ça allait vite. Nous ne gagnions pas grand-chose et voyions notre pot de pièces diminuer, jusqu'au moment où il ne nous resta plus qu'une pièce. Comme deux adolescents, nous nous regardâmes et nous embrassâmes : un geste porte-bonheur pour que cette dernière pièce déclenche le jackpot. Et puis, si la pièce était gagnante, ce serait un signe favorable pour notre première nuit. Roulement de tambour, le suspense était à son comble. Les cartes apparaissaient sur la machine, qui afficha un carré de deux : nous gagnâmes quelques centaines d'euros. Depuis cette soirée, nous appelons « carré de deux » un baiser que nous nous donnons, tel un talisman, à chaque fois que nous espérons une bonne nouvelle.

Fin mai, de retour à Paris, nous prenons rendez-vous avec le médecin traitant de Marc. Il lui prescrit un scanner, par précaution. Marc va le passer à la clinique de radiologie de Francis. Ce jour-là, Francis joue au golf. C'est avec l'un de ses collègues que Marc effectue son examen. Il m'appelle en sortant et me raconte que le médecin l'a fait partir rapidement, probablement à cause du covid, disant que Francis nous donnerait le compte rendu plus tard.

Francis nous appelle après sa partie de golf. Nous sommes tous les deux dans notre salon. Marc est assis sur le canapé kaki et moi, par terre à côté de lui, adossée au canapé, les jambes en tailleur. Je devine les mots de Francis à travers le téléphone de Marc. Le scanner n'est pas bon. Il montre plusieurs taches. Probablement des lésions malignes.

Le temps s'arrête. Ce que j'entends ne peut pas être vrai. C'est impossible. Mes oreilles bourdonnent. Il va se passer quelque chose, je vais me réveiller, quelqu'un va se rendre compte qu'il y a une erreur. Je suis telle une actrice dans un film qui apprend une terrible nouvelle et se trouve d'un coup comme assommée, enveloppée d'un silence assourdissant. Sauf que ce n'est pas un film. Cette annonce est un couperet dans mon existence. Je pressens immédiatement que ma vie ne sera plus jamais la même.

Le souvenir de cette scène m'est encore aujourd'hui insupportable.

Après l'annonce par téléphone, Francis et sa femme Lydia débarquent à la maison pour expliquer calmement la situation et nous entourer. Il faut que nous allions consulter un spécialiste – un oncologue, quel mot indigeste.

Mon père, qui était encore en Normandie, sonne à la porte deux heures plus tard. J'improvise un plat de pâtes au citron pour nous cinq, après avoir couché les enfants. Je ne peux rien avaler. Je fais les choses par automatisme, je ne sais plus comment je m'appelle, je n'ai pas les yeux en face des trous, je ne suis plus moi-même, dévastée, anéantie. Rien de pire ne pouvait arriver.

Je repense douloureusement à ce que Marc m'avait dit la première fois qu'il avait rencontré un vieil ami de mes parents, qu'il avait trouvé très touchant et gentil. « Tu vois, si un jour j'ai un cancer, j'aimerais que ce soit lui qui me l'annonce ! »

À l'annonce de sa maladie, Marc m'impose une consigne inflexible : *personne ne doit être au courant.*

Sa volonté de garder le secret est motivée par deux raisons. D'abord, annoncer sa maladie à des tiers équivaudrait à une mort professionnelle : peu de gens ont envie de confier leur contentieux à un avocat qui a le « crabe ». Et Marc refuse aussi qu'on le voie comme un malade.

Accepter de n'en parler à personne est pour moi contre-nature. J'ai pour habitude de me livrer dans les moindres détails à mes amis, avec toute l'impudeur que Marc n'a pas. Je parle de tout, à tout le monde, sans aucun filtre. Et à certaines de mes amies, je parle tous les jours.

Le covid et les confinements nous aident beaucoup à cacher le diagnostic. Seuls nos parents, nos frères et sœur respectifs savent. Marc m'autorise à en parler uniquement à mon amie Jessica, la fille de Francis et Lydia. Jess est psychologue et Marc veut que je lui règle une consultation pour qu'elle soit soumise au secret professionnel.

Pour respecter la volonté de Marc, je suis donc contrainte de prendre mes distances avec certaines de mes amies les plus proches. J'apprends à me dédoubler. À sortir de mon corps. À mettre un masque. À faire comme si la maladie ne nous touchait pas. Lorsque je suis avec les autres, je parle avec enthousiasme, je souris, je ris si nécessaire. Je suis comme une actrice investie dans son rôle. Rien ne doit transparaître. Étonnamment, je le fais sans trop de difficultés tant le respect de ma parole à Marc est sacré.

Avec du recul, j'assimile cette exigence de Marc à son refus de connaître le sexe de nos enfants pendant mes deux grossesses. Une initiative qui ne serait jamais venue de moi, mais que j'ai respectée, acceptée et adoptée. Et que je ne regrette pas. Même si, pendant ces mois de maladie, je me sens souvent très seule. Le soir, une fois que j'ai couché les enfants et que vient le moment de souffler, je sors sur notre terrasse pour fumer une cigarette et évacuer la tension de la journée.

Mon téléphone à la main, je n'ai aucune amie à qui téléphoner pour partager ma douleur et ma tristesse. Je fume ma clope et une fois sur deux, je me mets à pleurer. J'essuie mes larmes, me tapote les pommettes et me reprends avant de rentrer rejoindre Marc, pour qu'il ne voie pas que j'ai pleuré.

Mais aujourd'hui, je crois que même si j'avais eu la possibilité d'en parler, cela n'aurait rien changé à mon sentiment de solitude. J'étais seule dans mon quotidien face à la maladie et à la mort qui nous menaçait, seule face à cette merde. Et puis ce « secret » m'a donné une force considérable. Je me suis imprégnée de la philosophie de mon mari : comme Marc qui ne voulait pas qu'on le voie différemment, je ne veux pas qu'on éprouve de la pitié pour moi, qu'on me voie comme une veuve éplorée avec ses deux petits enfants. Je suis optimiste, positive, et je sais que ça ira. Probablement pas tous les jours, mais ça ira.

Jusqu'à l'annonce du cancer de mon mari, pour moi, tout a toujours été facile.

J'ai eu une enfance heureuse. Née à Paris, je n'ai jamais quitté la capitale. Keren, de quatre ans mon aînée, a merveilleusement joué son rôle de grande sœur affectueuse et bienveillante. J'ai toujours été proche d'elle. Avec mon frère Daniel, de huit ans mon cadet, les relations ont en revanche parfois été conflictuelles. Après nous être tapés dessus durant toute notre enfance, nous nous sommes finalement rapprochés pour devenir particulièrement complices : nous relevons tous les détails que les autres ne voient pas. Nous étions tous les trois très gâtés. Nous voyagions beaucoup : des voyages culturels, d'Asie en Afrique, des temples indonésiens, un safari au Kenya, mais aussi des marches à la montagne l'été ou du farniente à Saint-Rémy-de-Provence. Une belle enfance aisée, agréable – même si nos parents ont toujours insisté sur certaines valeurs : le mérite, le goût du travail et de l'effort. Ils étaient très à cheval sur le respect, l'ouverture, la générosité et la reconnaissance. Le « bagage culturel », aussi. C'est l'expression de ma mère : elle nous a toujours répété que la vie peut basculer à tout moment, qu'on ne sait jamais de quoi demain sera fait, et que c'est pour cela qu'il faut se constituer un « bagage culturel » auquel on pourra toujours avoir recours, quelles que soient les circonstances. Quand je l'entendais prononcer ces mots, je m'imaginais sur un quai de gare, ma valise à la main. Une valise remplie de connaissances, d'art, d'histoire, de culture. Une valise qui emmagasine tout le savoir que j'ai accumulé au fil des années et m'accompagne partout.

Le jour où j'apprends le cancer de Marc, mon monde s'écroule. Mon petit monde idéal, dans lequel il y a toujours une solution, dans lequel mon père me promet inlassablement que « tout finit toujours par s'arranger ». J'avais trouvé l'amour de ma vie, deux enfants merveilleux – tout ce à quoi je n'osais même pas aspirer quelques années auparavant. J'étais si heureuse que lorsque je me couchais, je m'adressais à Dieu discrètement, allongée du côté gauche de notre lit, et le priais de ne rien changer jusqu'au lendemain matin, reconnaissante de la chance qui était la mienne. Au réveil, je le remerciais humblement.

Tout cela est terminé. Ma vie est désormais teintée d'amertume. À l'annonce du cancer de mon mari, la photographie de ma vie se trouve brusquement modifiée. Je sais que je serai veuve et que mes enfants grandiront sans père. D'emblée, j'entrevois la tristesse qui sera la mienne, et d'emblée je ne peux supporter celle de mes enfants. La simple pensée de leur visage d'ange à l'annonce de la catastrophe me noue l'estomac.

Cette fois-ci, je sens que ça ne s'arrangera pas.

Je suis effondrée. Seule dans ma voiture, je hurle, je sanglote, je n'arrive pas à m'arrêter. Je vois tout en noir, un filtre atroce devant les yeux qui obstrue tout.

Je craque aussi devant Marc, je n'arrive pas à me contrôler. Dans notre lit, lorsque je me réveille et que je réalise que ce n'est pas un cauchemar, je pleure sans pouvoir m'arrêter. En entrant dans ma douche, quand je tourne le mitigeur et que l'eau coule sur mon corps, j'ai envie de me laver de la maladie, de me débarrasser du mauvais œil qui nous a pris en grippe, de me purifier du cancer qui nous étreint de plus en plus fort. Je pleure sans cesse, sans répit. Je m'en veux et j'ai honte parce que ce n'est pas moi qui suis malade, et que Marc ne se laisse pas aller ni ne se plaint. Je m'excuse : « Je suis désolée de réagir comme ça devant toi, ne m'en veux pas. J'ai besoin de digérer cette information. Une fois que je l'aurai digérée, tu verras, je serai forte et courageuse. » Avec le recul, je m'étonne d'avoir employé ce mot – *digestion* – alors qu'il souffrait d'un cancer gastrique. Mais je me dis que les lapsus de l'inconscient se foutent bien du tact et des convenances.

Début juin, nous avons rendez-vous à l'hôpital Pompidou avec le Professeur K.

L'hôpital est immense. C'est un bâtiment en verre, très moderne, divisé en quatre ailes identifiées par des lettres. L'oncologie digestive – ou « *onco-dig* » comme ils disent – est au cinquième étage du bâtiment B. Avant de se rendre à une consultation ou d'être admis en hospitalisation, il faut passer par l'accueil. Là, on poireaute en attendant que soit affiché sur un écran le numéro de son ticket. On nous y remet des dizaines d'étiquettes autocollantes imprimées au nom de mon mari avec sa date de naissance : 27 juillet 1977.

Le Professeur nous reçoit enfin. Il se montre agréable et sympathique. Il nous explique de façon simple et presque rassurante que le cancer de Marc est localisé au niveau du cardia, c'est-à-dire dans l'orifice qui relie l'œsophage à l'estomac. Il prescrit aussi des examens complémentaires pour confirmer ce qui a été aperçu au scanner, c'est-à-dire les taches au niveau du foie.

Si les métastases sont confirmées par l'IRM, aucune opération ne sera envisageable et nous serons suivis par son collègue oncologue, le Professeur T, qui nous expliquera le protocole, les traitements et le suivi. S'il n'y a pas de métastases, alors il pourra opérer. Marc et moi sommes presque rassurés que ce soient les métastases et non la tumeur qui se situent au niveau du foie. On pense que c'est moins grave. À tort.

Marc se soumet à une fibroscopie qu'il exige sans anesthésie, pas même locale. Difficile de comprendre ce choix pour toute personne qui a déjà subi un tel examen, mais Marc a la phobie des anesthésies et il considère qu'il faut être courageux face à la douleur. Je me souviens de ce qu'il disait dix ans auparavant, lorsqu'il n'arrivait pas à quitter Bérangère, et qu'alors je ne comprenais pas : « Je serai courageux en temps de guerre. »

L'IRM confirme l'existence de métastases au niveau du foie. Cela signifie que la maladie est avancée, que Marc n'est pas opérable et que la situation est sérieuse.

Nous voilà dans la salle d'attente de l'oncologue.

J'ai évidemment googlé le Professeur T. avant le rendez-vous : il semble que Marc soit entre les meilleures mains. Le professeur a la quarantaine et je décèle dans ses yeux, malgré son masque, dans son timbre de voix et dans le choix de ses mots, non pas de la froideur mais un détachement. Cette mise à distance est paraît-il indispensable : les médecins oncologues doivent se protéger de leur propre empathie. Dans une moindre mesure, c'est un besoin qu'éprouvent aussi les avocats pénalistes, pour être affectés le moins possible par les drames humains dont ils sont témoins.

Nous attendons très longtemps. Nous sommes nombreux dans la salle d'attente. Certains patients viennent seuls, d'autres sont accompagnés. Je scrute chacun d'entre eux en me demandant qui est l'accompagnant ou le malade, m'interrogeant sur la gravité de leur cancer. Je constate, comme à chaque rendez-vous, que nous sommes les plus jeunes. Après deux interminables heures qui m'agacent autant qu'elles me stressent – j'ai presque l'impression d'attendre le verdict d'un procès, comme je le faisais autrefois, dans une autre vie –, arrive enfin notre tour.

Marc, par nature, refuse de tout savoir. Ce refus est plus fort encore quand il craint les réponses qu'il pourrait obtenir. Comme lorsqu'il interroge un témoin en cour d'assises, il s'astreint à une règle d'or : « Ne pose jamais de questions dont tu ne peux pas anticiper la réponse. » Je suis à l'exact opposé : je cherche toujours à en découvrir davantage. Même si je sais que les réponses peuvent faire mal, j'ai besoin de formuler toutes mes interrogations. Marc me prévient donc avant le rendez-vous : il veut en savoir le minimum, seulement ce qui est nécessaire et indispensable, et me prie de ne poser aucune question.

Arrivés dans le box de consultation, je suis envahie par des tremblements – toujours les mêmes. Mon corps tout entier trahit mon stress. Impossible de me maîtriser. Le Professeur T nous explique les traitements envisageables. En plus du traitement classique, Marc a la possibilité de participer à un protocole expérimental. C'est un traitement qui pourrait avoir plus de chances de succès mais davantage d'effets secondaires. Marc doit y réfléchir. S'il est d'accord, il devra signer tout un tas de documents matérialisant son consentement. Mais rien n'est acquis : même s'il accepte, ce traitement est réservé à un petit pourcentage de patients, choisis par tirage au sort. Un peu comme un jeu-concours, mais en beaucoup moins drôle.

Le traitement « classique » consiste en une chimiothérapie qui se fait à l'hôpital de jour. Quatre séances pour commencer, une tous les quinze jours. Chaque séance de chimiothérapie dure environ quatre heures. Marc repartira avec une petite gourde qu'une infirmière viendra débrancher à la maison quarante-huit heures plus tard. À l'issue des quatre séances, Marc fera un scanner pour constater les effets du traitement sur la maladie. Le Professeur nous reverra donc dans deux mois, à la veille de nos vacances d'été – qu'il nous encourage à ne pas annuler.

Effets secondaires probables : fatigue, vomissements et diarrhées, perte des cheveux. Le Professeur interroge Marc sur son activité professionnelle, qui est persuadé qu'il va continuer à bosser normalement : ce n'est pas une petite fatigue qui va l'arrêter. Le Professeur lui répond qu'il ne pourra probablement pas travailler pendant les prochains mois. Marc n'y croit pas une seconde. Il en a vu d'autres ces derniers temps, la fatigue et la douleur ont peu de secrets pour lui !

Je respecte les instructions de Marc et je me la ferme pendant toute la durée de la consultation.

Après nous avoir indiqué le protocole et répondu à ses questions, le Professeur T demande à Marc d'aller faire une prise de sang dans la salle mitoyenne, tandis que je reste dans son bureau. Seule face à lui, je ne peux pas résister. Impossible de lutter contre ma volonté de tout savoir, même l'impensable.

Je ne sais plus quelle est la question que j'ai posée, mais je me souviens bien de la réponse. Marc ne pourra pas guérir. Sa maladie est déjà trop avancée.

« Si vous me demandez si votre mari va vivre encore trente ans, malheureusement je vous réponds que non.

— Mais alors combien de temps ?

— C'est difficile de vous répondre, peut-être trois ou quatre ans.

— Donc le traitement, c'est uniquement pour le faire survivre le plus longtemps possible ?

— Oui, me répond-il en hochant la tête légèrement de côté, l'air emmerdé.

— Mais ça peut aussi aller très vite ?

— Oui. »

Je ravale mes larmes. Je déglutis, prends une grande inspiration comme ma grand-mère me l'a appris quand j'étais enfant, je regarde le Professeur dans les yeux et lui dis :

« Je vous en supplie, Professeur, ne dites jamais à mon mari ce que vous venez de me dire, sauf s'il vous pose frontalement la question.

— Vous pouvez compter sur moi. »

Marc revient dans le box du Professeur. Nous le saluons, le remercions et sortons de la pièce. Marc me demande :

« Tu as parlé avec le Professeur quand je n'étais pas là ? Tu lui as posé des questions ? »

Je réponds sans ciller :

« On en a suffisamment appris, tu ne penses pas ? »

Nous rentrons en scooter. Nous nous parlons peu sur le trajet. Je lui fais des caresses dans le dos, par-dessus sa veste, pendant qu'il conduit.

Arrivés chez nous, Marc décrète qu'il faut vaquer à nos activités respectives : « On ne va pas passer l'après-midi à se regarder dans le blanc des yeux et à se lamenter. » Je prends la voiture sans savoir où je vais. J'explose en larmes. J'appelle Francis pour lui raconter notre rendez-vous avec le Professeur T. Je pleure tellement que Francis me dit de me garer. Nous continuons la conversation tandis que je fume une cigarette à côté de la voiture.

« Je n'aurais jamais dû lui poser la question…

— Tout le monde aurait fait la même chose, c'est normal, c'est humain, me console Francis. Il faut espérer que le traitement fonctionne. Les progrès de la médecine sont énormes, tu ne sais pas ce qu'on va trouver comme nouveau traitement d'ici deux, trois ou cinq ans. Il faut que tu y croies. Ton mec, c'est un battant, il ne va rien lâcher. »

Je me demande où il puise ce ton, ces mots, ce calme face à la lourdeur de ce que je viens de lui apprendre.

J'appelle mon père. Il est avec ma mère et me propose de venir les voir. J'accepte mais lui demande qu'on se voie avant tous les deux. J'arrive en bas de chez eux. Il m'attend en bas de l'immeuble et monte dans la voiture.

« Marc ne guérira pas. Il en a au mieux pour quelques années. Je l'ai dit à Francis mais personne d'autre ne doit savoir. Je ne veux pas qu'on voie Marc comme un condamné.

— Mon amour, j'aimerais pouvoir te dire que ça va s'arranger, comme je l'ai toujours fait. Mais il faut t'accrocher, croire au miracle. Tu n'as pas d'autre choix. »

Après réflexion et après avoir lu tous les petits caractères des documents de consentement, Marc décide de participer au jeu-concours. Mais il n'est pas tiré au sort. On pourrait voir ça comme un mauvais augure ; Marc décide de le prendre autrement. Il me confie qu'il est satisfait d'avoir donné son accord : il s'en serait voulu de ne pas l'avoir fait, car il aurait considéré ne pas s'être donné toutes les chances de guérison. Mais il est rassuré d'avoir plus de chances de garder ses cheveux. Pour lui, et pour moi aussi d'ailleurs, la chute de cheveux serait difficile à assumer avec les enfants et devant ses clients.

J'essaie de me raccrocher à un espoir : certaines personnes de ma connaissance atteintes de cancers avec de nombreuses métastases, à qui on avait annoncé que c'était foutu, sont aujourd'hui guéries. Mais je ressens au plus profond de moi que tout ça est irréversible. J'ai l'intime conviction, comme un juré dans une cour d'assises, que ça va aller vite, très vite. Je ne peux pas l'expliquer. Je sais juste que ça tournera mal. Et que la médecine ne peut pas grand-chose face aux statistiques qui jouent contre nous.

Lorsque j'étais enceinte, j'ai découvert le syndrome de tant de femmes avant moi : une fois qu'on est consciente de son état, on commence à voir partout d'autres femmes qui partagent cette condition heureuse. On lit un livre, et bam : une femme enceinte. On regarde les informations à la télévision, et bam : une autre femme enceinte. On se divertit avec un film ou une série, et bam : encore une. On sort faire une course : on en croise une ou deux. C'est comme si les femmes enceintes se démultipliaient comme des lapins et se donnaient rendez-vous en un point donné du globe pour s'apercevoir, se reluquer, se comparer, se rassurer…

Ce syndrome touche également les malades du cancer : eux aussi voient d'autres malades partout autour d'eux. Dans la rue, dans les journaux, sur les réseaux sociaux. À la télé, dans tous les films et les séries. Alors, on zappe et on tombe sur le journal télévisé. Pas de bol, on est en plein covid, les cancéreux font partie des personnes à risque de comorbidité. Putain ! Rageusement, on éteint la télé. On prend un bouquin. Re-claque dans la gueule : le mot cancer bondit entre deux lignes pour nous achever. À moins de rester scotché sur la littérature du XIXe siècle, où cette maladie n'avait pas encore de nom, c'est un défi dans un roman contemporain de ne pas voir ce foutu cancer pointer le bout de son nez sournois.

Petit à petit, on apprend à vivre avec le cancer. On apprend même à se consoler du cancer des autres. Tous les « people » atteints d'un cancer deviennent ainsi les intimes virtuels de Marc, qui redoute l'évolution de leur maladie et l'annonce de leur décès. Bernard Tapie est le premier d'entre eux. Comme Marc, il a un cancer de l'estomac. Marc est rassuré tant que Tapie est en vie, qu'il se bat contre le cancer. Sa crainte serait d'apprendre qu'il serait mort. Je lui suis reconnaissante de rester en vie tant que mon mari l'est. Quant à moi, je m'identifie à Laetitia Hallyday : alors qu'on approche de l'anniversaire de la mort de Johnny, on parle beaucoup de son cancer dans les médias. Je découvre que les médecins avaient annoncé à Laetitia qu'il ne vivrait que trois mois, et qu'elle avait décidé de lui cacher la vérité pour ménager son courage, son appétit de vie, cette envie qu'il a si bien chantée. Johnny a tenu un an et demi.

Ma relation avec Marc a toujours été fusionnelle. Il était à la fois mon amour, mon amant, mon ami, ma copine. Je ne savais rien décider sans lui demander. Il anticipait tous mes faits et gestes, mes sentiments, mes oublis, mes fantaisies, et accédait à mes lubies. Nous nous connaissions par cœur, nous étions connectés, en permanence, toujours ensemble. Nous étions transparents l'un envers l'autre, et nous ne nous mentions jamais. La seule fois où j'ai menti à Marc – par omission –, c'était pour lui cacher l'échange que j'avais eu avec l'oncologue et son pronostic insoutenable.

Mi-juin, Marc doit subir une intervention. On doit lui poser le PAC, un cathéter par lequel passera la chimiothérapie. L'opération se fait en ambulatoire mais elle est très douloureuse, aussi bien sur le moment que dans les jours qui suivent. Toujours réticent à l'anesthésie, Marc subit la douleur sans broncher. Au sortir de l'opération, je m'aperçois que le PAC se voit : il part du bas du cou jusque sous l'épaule.

Immédiatement après, Marc commence sa chimiothérapie. Les premières fois, je l'accompagne. Puis le covid repart et je ne suis plus admise dans l'enceinte de l'hôpital. De toute façon, m'assure-t-il, il préfère y aller seul. Comme ses efforts constants pour rééduquer son poignet ont porté leurs fruits, il est de nouveau capable de prendre son scooter. Marc voit les trajets pour se rendre à ses séances de chimio comme son moment de liberté. Un moment à lui. Je découvre son plaisir à être seul pour affronter la maladie. J'ai beau m'en rendre compte, quand je le laisse seul, j'ai le sentiment de l'abandonner. Tant qu'il m'était autorisé de l'accompagner à ses séances, je regardais tristement les patients non accompagnés. Comme j'étais avec lui, je le croyais soutenu, entouré. Je réalise que, même dans les couples fusionnels, la souffrance est une affaire individuelle et exclusive qui ne peut pas vraiment inclure le conjoint. Marc ne veut pas que je le plaigne, pas plus qu'il ne souhaite que je le regarde autrement. Il n'a pas davantage envie que je le fasse chier avec des questions, des commentaires ou des remarques qui pourraient l'agacer. Il a toujours été comme ça. Il n'a de générosité que pour le bonheur et la joie de vivre; il préfère garder comme un jardin secret ses angoisses et les moments plus difficiles. La souffrance le rend ainsi plus solitaire, plus secret. Il s'est commandé un casque Bose dernière génération qu'il pose sur ses oreilles pour s'enfermer dans une bulle de musique protectrice où il se laisse envahir par les mélodies qu'il aime.

Je suis vexée d'être impuissante, triste que notre binôme si solide cède le pas devant le cancer. Je voudrais qu'il puisse se reposer sur moi, se sentir épaulé, partager ses états d'âme, me révéler ses peurs sans filtre, verbaliser ses espoirs les plus fous. Ma crainte est de ne pouvoir l'aider au plus juste, faute de savoir ce qu'il ressent.

Pendant ses séances de chimio, Marc bénéficie parfois d'une chambre individuelle avec un lit. D'autres fois, il doit se contenter d'un fauteuil au milieu d'une salle de six personnes. Marc voit comme un signe positif les fois où il est seul et tranquille, et les jours où il tombe sur son infirmière préférée. Il me raconte en rentrant qu'il a eu de la chance d'avoir été pris en charge par Tiphaine. Elle est rapide, efficace, et grâce à elle, il ne perd pas une minute sur son parcours de traitement : les questions de routine au départ, le passage de l'interne, l'ordonnance éventuelle, les différentes poches de chimio et enfin la pose de la gourde, celle qu'il garde pendant quarante-huit heures à la maison.

Pendant les séances, il lui arrive de questionner les infirmières. Il me parle de l'âge de l'une ou d'un détail de la vie de l'autre. « Elle est toujours souriante » ; « elle m'a rassuré sur la perte des cheveux » ; « elle m'a dit qu'elle me trouvait mieux que la dernière fois » ; « elle m'a donné un conseil formidable ». Il se rend à ses séances avec un bouquin, dont il lit quelques pages avant de s'endormir au milieu de sa lecture car, dit-il, tous ces produits chimiques l'épuisent. Je l'imagine allongé dans sa chambre, les jambes étendues, son livre dans la main droite posée sur ses cuisses, un doigt coincé entre deux pages pour ne pas perdre le fil de sa lecture, la bouche entrouverte, ronflant à peine, paisible. Il a une chemise à carreaux et un jean foncé, de plus en plus grand à mesure que les séances avancent.

Avec la chimio, la maladie devient visible. Évidente.

Certes, sa tignasse poivre et sel résiste. Rien ne tombe. Il suit à la lettre les recommandations pour limiter les chutes, en évitant par exemple de se laver les cheveux les jours de chimio, les lendemains et surlendemains.

Mais notre paysage quotidien est désormais envahi par des objets nouveaux. Nous expliquons à nos enfants qu'en plus de la main, papa a une maladie au ventre. Qu'il est soigné et que c'est pour cette raison que, de temps en temps, il garde un médicament dans une gourde glissée dans une banane à sa taille. Qu'une infirmière se chargera d'enlever tout ça après quarante-huit heures. Nous ne nommons pas la maladie, mais il est important de leur parler des médicaments et de la douleur, pour qu'ils ne soient pas surpris par les hauts et les bas de leur père.

Tout un attirail médicamenteux apparaît dans la maison. Je vais régulièrement à la pharmacie au coin de la rue La Fayette. Tout le monde sait qui je suis. Je connais le traitement par cœur. Les morphiniques avec la Lamaline au départ, puis l'Oxycodon et l'Oxynormoro – les interdoses d'antidouleurs –, les médicaments contre la nausée, contre la diarrhée, contre le hoquet, l'Emend à prendre avant chaque chimio… la liste me semble interminable.

Grâce à ces médicaments, le poids de Marc reste stable et nous nous en réjouissons. Les repas sont cependant sans joie et de plus en plus difficiles à vivre pour mon Auvergnat de mari : épicurien, pour lui, la bouffe, l'alcool et le sexe sont les premiers plaisirs de la vie. Sa région natale lui a donné le goût des bonnes choses, de la viande (qu'il m'a appris à manger bleue), du saint-nectaire (qu'il faut découper avec un couteau sans dents, de préférence un Laguiole) et du bon vin. Marc peut tout abandonner pour une bouteille de grange-des-pères ou pour une côte-rôtie. Mais à présent, ses douleurs abdominales sont vives. Il ne peut plus se nourrir comme avant. Pourtant, je le découvrirai bientôt, elles sont encore ridicules par rapport à ce qu'elles deviendront.

Les enfants vivent normalement. Pour Marc qui ne sait pas qu'il est condamné, l'idée d'adopter un ton grave lorsqu'il s'adresse à eux ne lui traverse pas l'esprit. Ils comprennent que ses douleurs ne lui permettent pas d'être aussi disponible qu'avant, et ils se tournent davantage vers moi pour ne pas le fatiguer. Je tâche d'être attentive à leur comportement, vigilante à leurs humeurs. J'essaie de rester calme mais il m'arrive d'être trop nerveuse, de manquer de patience et de m'emporter contre un caprice. Je sais que ce n'est pas la bonne réaction mais je n'arrive pas à faire autrement. Dans ces moments-là, Marc joue le rôle de contrepoids. Il apporte le calme.

Pour traverser cette épreuve, Marc décide de se faire suivre. Pas par un psy, mais par un coach : un préparateur mental pour sportifs de haut niveau. C'est sa parade à lui. Ce choix étrange est à l'image de mon mari : il aime être en marge, dans l'opposition, ne pas faire comme tout le monde. Mon père aime le titiller en lui disant qu'il est un poujadiste. Il va s'entraîner, travailler son endurance et son mental pour ne pas fléchir ni frémir devant le cancer. C'est comme s'il le défiait : « Si tu crois que tu vas gagner… tu vas voir ! »

Pour moi, les nuits sont très difficiles. Je me surprends à envisager la mort de Marc presque quotidiennement et à réfléchir malgré moi à son oraison funèbre. Je sais que je serai veuve, trop jeune, que j'aurai une lourde responsabilité d'éducation envers mes enfants, m'étant largement reposée sur Marc jusqu'ici. Quelle mère serai-je sans lui ? Quel courage m'animera ? Est-ce que mes enfants sauront puiser au fond d'eux, jusque dans les carences affectives creusées par l'absence de leur père, des forces insoupçonnées ? Ou est-ce que le manque les affaiblira ? Est-ce que je saurai refaire ma vie ? Et si oui, quelle pourra être ma vie sentimentale après une telle histoire d'amour ? Pourrai-je être heureuse ? Quelle leçon devrai-je tirer de tout cela ?

Je sais que la petite JAP – *Jewish American Princess* – que j'ai toujours été n'aura plus jamais la vie douce. Qu'au mieux du mieux, même si on tendait vers une guérison, une épée de Damoclès pèsera toujours au-dessus de nos têtes.

Lorsque la médecine laisse peu d'espoir, on se raccroche à tout ce qu'on peut. Même aux superstitions les plus cocasses.

Mon petit frère Daniel, assez religieux, sollicite un rabbin. Il l'interroge sur la maladie de Marc et sur son éventuelle guérison. Le rabbin lui répond que, pour guérir, Marc doit entamer une démarche de conversion. Puis il fournit une liste de choses que je dois accomplir pour sauver mon mari. J'hésite d'abord. Mon rapport à la religion est assez ambigu et j'ai beaucoup de réticences à l'égard des personnes très pratiquantes. Mais je finis par céder, car je suis prête à tout pour qu'un miracle se produise ! J'entreprends donc de déchiffrer la fameuse liste de recommandations du rabbin truffée de fautes d'orthographe, et je finis par comprendre que je dois :

– Mettre dans une *tsedaka* (une tirelire destinée à des nécessiteux) 50 pièces de 10 centimes chaque jour, de la main droite – ou est-ce de la gauche ? –, du lundi au vendredi. Je dois rajouter 50 pièces supplémentaires le vendredi, jour de shabbat. Me voilà partie à la banque pour récolter une cargaison de rouleaux de 10 centimes !

– Donner deux euros à un « goy », expression élégante qui désigne en l'occurrence un SDF non juif, impérativement de la main gauche.

– Offrir un panier de fruits à une crèche. Bien entendu, les fruits doivent être casher et la composition subtile : un mélange précis de fruits qui poussent sur des arbres et d'autres qui poussent dans la terre. Je m'exécute, en allant d'abord chez Zara Home pour trouver un joli panier, puis dans un supermarché – casher évidemment – pour y acheter les fruits.

– Enfin, donner, toujours de la main gauche!, trois bouts de viande crue à un chien. Je demande alors à mon amie Déborah, heureuse propriétaire de Poppy, si je peux nourrir son chien. Je lui explique que mon soudain intérêt pour la race canine est dû à une recommandation émanant de la plus haute instance rabbinique pour la santé de Marc.

Je me revois encore à Boulogne, en bas de chez Débo, des morceaux de viande casher plein les mains, essayant de les donner à Poppy. Hélas, ce chien, que je déteste, ne semble pas apprécier le festin : il ne veut rien manger, habitué qu'il est à la viande cuite préparée par sa maîtresse. Accroupie, je le supplie d'avaler. Pour l'inciter, je fais même semblant de mâcher et de déglutir, m'efforçant lourdement d'imiter le comportement canin : je fais des bruits, je grogne, je gesticule, je me caresse le ventre, je me lèche les babines... Rien n'y fait. Lasse, je décide de lui faire ingurgiter cette saloperie de viande de force. Je l'attrape par le collier, lui ouvre la mâchoire et y dépose directement la becquée... Et là, horreur : le chien régurgite!

Informé du fiasco de l'exécution de ce commandement religieux, mon frère téléphone au rabbin : Poppy n'a pas avalé la viande; que faut-il faire? Après mûre réflexion, et avec le plus grand sérieux, le rabbin fait savoir à mon frère que l'essentiel est que le chien ait mâché la viande...

Bref, il fallait se rendre à l'évidence, la religion n'allait m'apporter aucun réconfort ni être d'aucun secours. Je me dis alors qu'il n'était peut-être pas inutile de me faire suivre par un thérapeute.

J'ai vu des psys toute ma vie, sur la recommandation de mes parents (de ma mère surtout). J'y suis souvent allée pour mes angoisses et des peurs liées à la mort. Ça ne m'a jamais été d'une grande utilité. Je décide cette fois que la thérapie prendra une autre forme et qu'elle sera utile.

Compte tenu du choc que j'estime avoir vécu, j'interroge mon amie Jessica sur la technique de l'EMDR qu'elle pratique avec ses patients. L'EMDR est une thérapie reconnue par l'OMS qui sert à soigner les chocs post-traumatiques. Les chocs émotionnels viennent du fait qu'un événement n'a pas été « digéré » par le cerveau et qu'il constitue, de fait, un traumatisme. La fonction de l'EMDR est d'aider le cerveau à accepter le drame, par un processus de mouvements oculaires. Jessica m'aide à trouver une thérapeute formidable pratiquant l'EMDR : Marie-Christine.

Marie-Christine a son cabinet dans une petite rue du 20e arrondissement, tout près de la Place de la Nation. Ce n'est pas pratique d'y aller, ni depuis chez moi ni depuis mon bureau, mais je décide de me rendre assidûment à mes séances. J'ai tout de suite un très bon contact avec elle. Je la trouve particulièrement humaine et, surtout, normale – de manière générale, je trouve les psys cinglés. Bref, Marie-Christine ne « fait » pas psy, et ça me plaît.

La première fois que je la vois, nous nous présentons l'une à l'autre. Elle me suggère que nous nous démasquions, juste quelques secondes, pour avoir une image non tronquée de nos visages respectifs. Ce petit geste me paraît d'une grande humanité. Je lui explique qui je suis et pourquoi je viens la voir, mon rapport un peu sceptique aux psys et ma farouche volonté de traverser cette période du mieux possible.

Je découvre que l'EMDR offre la possibilité de travailler sur ses « ressources ». Cette approche m'aide beaucoup. Travailler sur ses ressources consiste d'abord à identifier celles dont on souhaite faire preuve. Mon choix se porte sur le courage, la pédagogie (convaincre mes enfants que tout ira bien quoi qu'il arrive) et le calme. Puis, il faut se remémorer un événement au cours duquel on a fait preuve de cette qualité. On ferme les yeux et on essaie de ressentir les émotions de l'époque, de s'imprégner des sons et des odeurs. Puis on ouvre les paupières et on doit suivre le mouvement d'un stylo, de droite à gauche.

Pour ma force de conviction, j'ai en tête deux références à ma scolarité, qui illustrent bien l'adage « rien n'est impossible ». À seize ans, je devais redoubler ma seconde : malgré des notes catastrophiques, je fis appel de cette décision prise par le conseil de classe, et allai me défendre seule, sans mes parents, devant un jury de professeurs. Tous les autres ados étaient accompagnés de leurs parents, ou alors les parents allaient seuls au rendez-vous, pensant représenter avantageusement leurs enfants. Moi, je fus escortée par ma sœur qui ne rentra pas dans la salle, simplement assistée par mon prof de biologie, matière dans laquelle j'avais 3,5 de moyenne. Je parvins néanmoins à convaincre le jury de me laisser passer en première économique.

La deuxième : après avoir échoué à mon examen de DESS, je devais repasser une matière au mois de septembre. Cela m'enlevait une dispense pour les épreuves écrites du Barreau et me laissait peu de chance de succès. « Rien n'est joué tant que les résultats ne sont pas publiés », me dit mon père. J'implorai le directeur, cherchai son adresse personnelle et déposai une lettre sous le paillasson de son appartement à l'aube. Je réussis à le faire changer d'avis et j'obtins mon diplôme en juin.

Pour le courage, je m'appuie sur celui dont je fis preuve en décidant de quitter Gabriel et notre appartement, ce matin de décembre, quand il me lança un regard noir et refusa de me dire au revoir. Je savais à ce moment précis que je tirais un trait définitif sur ma première histoire de cœur pour vivre enfin ma première histoire d'amour.

Enfin, le calme. Je pense à celui que j'eus lorsque Marc, après m'avoir fait quitter Gabriel, fit marche arrière et n'eut pas le cran de quitter Bérangère. J'arrivais alors de manière très posée à décortiquer sa culpabilité, le chantage de sa compagne et à lui montrer le mur devant lequel nous étions.

Prendre conscience de mes ressources me rassure et me donne de la force, moi qui manque perpétuellement de confiance en moi. Surtout pour les enfants : je me dis que j'y arriverai, même seule, que je ferai en sorte qu'ils soient gais, équilibrés et épanouis.

Ma psy me suggère de me créer un « lieu sûr » : un lieu connu, paisible, apaisant, dans lequel se réfugier. Je choisis le Mas Mireille, une maison d'hôtes dans laquelle j'ai eu la chance d'aller enfant, à Saint-Rémy-de-Provence. J'entends encore le bruit de la rivière devant laquelle on prenait le petit-déjeuner, la musique baroque que nous écoutions en bouquinant dans le salon après le dîner. Je sens l'odeur de la Soupline sur les serviettes de toilettes et je me rappelle comme si c'était hier des thématiques des chambres, toutes différentes, de leurs lits hauts et douillets. J'aime me réfugier dans cet endroit quand je ne me sens pas bien, quand je suis prise de colère, d'hystérie ou de tristesse.

Mi-juillet 2020. Nous commençons nos vacances estivales par deux semaines en Normandie, séjour pendant lequel nous « fêtons » l'anniversaire de Marc, le 27 juillet. Pour moi, cette date est pour toujours liée au jour où j'ai réalisé que Marc était l'homme de ma vie, six ans plus tôt.

Le 27 juillet 2014, cela faisait plusieurs mois que Marc et moi ne nous étions pas vus. Nous n'avions aucune nouvelle l'un de l'autre. Malgré cette longue séparation, je décidai de l'appeler pour son anniversaire. Marc ne répondit pas. Je tombai sur la messagerie ; j'hésitai, mais me résolus à ne pas laisser de message. Tant pis, me dis-je, je le connais assez pour savoir qu'il répondra à mon appel en absence. Je compte sur sa courtoisie : il me rappellera ou m'enverra un SMS. Pourtant le lendemain, j'étais sans nouvelles de lui. Je téléphonai à Yann.

« Tu as des nouvelles de Marc ? Tu sais où il est ?

— Oui, je crois qu'il est parti en week-end, je lui dirai que tu le cherches. »

Marc me rappela quelques heures après, énervé.

« Tu fais chier, pourquoi tu m'appelles ? Je croyais qu'on avait coupé les ponts, c'est toi qui l'as voulu. Pourquoi tu insistes pour me souhaiter mon anniversaire ? Juste quand je me relève, que j'arrive à peine à t'oublier, quand je commence enfin à être bien, que j'arrive à avoir quelqu'un d'autre dans ma vie, tu reviens me faire chier et tout foutre en l'air ?

— Je suis désolée, je voulais juste te souhaiter ton anniversaire. C'était impossible pour moi de ne pas le faire ou de faire comme si j'avais oublié.

— Bon, bah maintenant que c'est fait… Tu fais quoi ?

— Rien. Ça me ferait plaisir de te voir, mais sens-toi libre de refuser.

— Retrouve-moi au Charlot dans une heure. »

Je suis arrivée au café rue de Bretagne que nous connaissions bien pour l'avoir beaucoup fréquenté. Il était déjà assis, en terrasse. Je le trouvai beau, changé. Je l'embrassai sur la joue, un peu embarrassée. Après trente secondes, j'eus l'impression de l'avoir quitté la veille. Notre échange était fluide, drôle, complice, doux. Nous regardions les gens passer comme à notre habitude, tout en nous racontant les derniers mois qui venaient de s'écouler. Le temps passa vite. Je compris qu'il revenait d'un week-end au Touquet chez des amis et qu'il avait une petite copine.

J'eus l'impression qu'il avait enfin réglé ses problèmes de culpabilité avec Bérangère : il s'était posé, il savait ce qu'il voulait et il était prêt. Il essayait de refaire sa vie, sans moi. Il me dit d'un air à la fois tendre et détaché qu'il s'était fait une raison. Il n'avait pas de doute que j'étais la femme de sa vie, mais il savait que nous ne serions jamais ensemble, qu'il serait raisonnablement heureux avec une autre, et qu'il l'acceptait. Marc acceptait les choses, à tous les stades de sa vie.

À ce moment précis, j'eus comme une révélation. Je pris conscience que je n'avais jamais cessé de l'aimer, que je n'arrivais pas à rester loin de lui. Je me dis que personne ne m'aimerait jamais autant que lui. Mais cette idée n'était pas assez mûre dans ma tête pour que j'ose me déclarer. Au bout d'une heure, je le quittai en lui souhaitant de bonnes vacances.

Quinze jours plus tard, je partis en vacances à New York avec une amie. Marc me hantait. Je pensais à lui en permanence. Et cette obsession ne cessa pas : une fois revenue à Paris, je priais pour tomber sur lui par hasard. Je n'osais rien entreprendre.

Un jour, alors que je sortais du Palais de justice et que je retournais à ma voiture garée quai de l'Horloge, je découvris, coincée dans l'essuie-glace, la carte de visite de Marc. Il avait dessiné un petit cœur au stylo. J'ai été frappée par l'évidence : je devais le retrouver et le récupérer pour de bon.

Il fallait que je le croise. Je décidai de provoquer le hasard. Je le cherchai partout. Dans la journée, je parcourus les longs couloirs du tribunal, j'arpentai les rues autour de son cabinet, je passai devant le café où il avait l'habitude de déjeuner, j'essayai la rue de Turbigo où il habitait… Le soir, je le cherchai devant ses bars préférés, devant le Baron avenue Marceau ; je cherchai sa plaque d'immatriculation dont je connaissais les lettres par cœur, je guettai les endroits où il avait l'habitude de se garer.

Après plusieurs jours d'échecs, je suis enfin tombée sur lui, officiellement « par hasard », alors qu'il sortait de son cabinet rue Étienne Marcel. Surexcitée sans en avoir l'air, je lui montrai fièrement mon nouveau tatouage : trois étoiles qui recouvraient et effaçaient enfin mon ancien tatouage représentant le prénom de Gabriel écrit en lettres hébraïques. Tandis qu'il regardait ma cheville, je sentis qu'un truc se passait en lui. Il peina à cacher un sourire. Il me proposa de boire un café au coin de la rue.

Pendant des années, Marc racontera cette histoire à qui voulait l'entendre, disant que j'étais à l'époque « grosse et brune, et que je campais dans ma voiture devant son cabinet ». Mais à partir de ce 2 septembre 2014 (date exacte de notre fausse rencontre fortuite), nous ne nous sommes plus quittés. Nous avons décidé de rester ensemble « jusqu'à ce que la mort nous sépare ».

Le 27 juillet 2020, Marc n'est pas en forme. Ni physiquement, ni psychologiquement. Son angoisse du covid s'est encore accentuée. Nos enfants ont interdiction d'approcher leurs cousins, même dans le jardin. La cohabitation familiale devient compliquée. Nous n'invitons personne à dîner, ce qui est contraire à nos habitudes normandes.

Marc ne peut pas jouer au golf, et la Normandie sans golf n'a pas le même charme pour lui. Il lit beaucoup, toujours Alexandre Dumas. Les repas gourmands ont eux aussi perdu toute leur saveur. Les vacances sont ternes, tristes et difficiles. Quand Marc a un coup de mou, il va faire un tour dans le jardin. Sa pudeur fait qu'il a besoin d'être seul dans ces moments-là. Comme moi, Marc feint la bonne humeur devant les enfants. Leur insouciance et leur bonheur sont notre priorité.

Après deux semaines au Breuil, nous rentrons à Paris pour le premier bilan avec le Professeur T. Nous sommes censés repartir dès le lendemain pour le Luberon, dans la maison que nous avions louée l'an dernier.

Nous revoici donc le 6 août à l'hôpital Pompidou pour faire le « point » sur le traitement de Marc. Nous patientons dans la salle d'attente. Nous attendons en ruminant nos pensées. Les questions se bousculent dans ma tête : est-ce que le traitement a marché ? Un peu, beaucoup, pas du tout ? Est-ce que le cancer s'est développé ? Quel sera le verdict ? Petit à petit, l'angoisse se met à me ronger. Que se passera-t-il si... ? Tous les scénarios possibles émergent l'un après l'autre. J'essaie de papoter. Je tâche de me concentrer sur les différentes applications de mon smartphone. Rien à faire. Rien n'arrive à me calmer. L'angoisse grossit à mesure que l'attente se prolonge. Insupportable.

Une fois dans le bureau du Professeur, je me précipite vers le fauteuil, impatiente d'avoir des réponses à mes questions. Mais je me rends compte que le Professeur T. n'a pas encore pris connaissance des clichés de Marc. Il découvre les images en même temps que nous. Évidemment, l'ordinateur rame et mouline. Je ronge mes ongles. Le suspense est insoutenable. J'en veux au Professeur de ne pas avoir regardé les clichés avant et de nous infliger ces minutes interminables. Soudain, l'écran de l'ordinateur affiche les images.

La sentence tombe. Le scanner montre que la maladie est agressive et continue de progresser rapidement. Le traitement n'est pas satisfaisant, il faut en essayer un autre. Le Professeur T. nous enjoint d'écourter nos vacances pour commencer le nouveau traitement au plus vite. Il nous demande aussi de lui téléphoner dans quelques jours pour avoir le débriefe de la réunion qu'il doit avoir avec le staff pour décider d'un nouveau protocole. Il fixe malgré tout le prochain rendez-vous : le 2 novembre, nous ferons un nouveau point sur ce traitement encore indéterminé.

Le lendemain du rendez-vous avec le Professeur T., nous décidons malgré tout de partir dans le Luberon. Tôt le matin, nous montons donc en voiture. Marc tient à conduire tout le trajet; j'ai interdiction de le soulager en prenant le volant. Il dit qu'il lui reste peu de choses et qu'on ne lui enlèvera pas sa conduite.

Le Luberon s'annonçait comme une bénédiction. Nous pensions que Marc pourrait jouir d'une brève interruption de traitement, d'une trêve bénéfique. Et puis nous chérissons tous deux cet endroit. L'an passé, nous y avions passé des vacances mémorables, un moment suspendu hors du temps. Image entêtante de notre bonheur perdu : une maison chaleureuse, un climat doux, un jardin plein des parfums du Sud où jouaient nos deux enfants. Me reviennent en mémoire les senteurs de pins et de lavande, le goût des tomates gorgées de soleil et des pêches suaves et sucrées, les flâneries dans les villages alentour, à Lacoste, Ménerbes, Goult ou Bonnieux. J'ai une photo, prise en 2019 : Marc, les enfants et moi posons en toute insouciance, un grand sourire sous nos lunettes de soleil. J'entends encore Marc me dire qu'il aimerait avoir une maison dans le Luberon. Je l'entends me répéter que, s'il guérit, nous y prendrons notre retraite anticipée.

Pendant les premiers jours, le Luberon apaise Marc. Même sa peur du covid s'estompe. Nous dînons à plusieurs reprises avec des amis qui sont dans la région. Mon frère Daniel et sa femme Cindy, alors enceinte, séjournent quelques jours dans notre jolie maison. Les enfants nagent, Ethel prend des cours de natation, et nous sortons très peu. Marc invite des amis d'enfance à déjeuner : ils feront une halte sur leur trajet retour de Juan-les-Pins à Clermont. Il est heureux de les recevoir, même s'il n'est pas en forme. Ce jour-là, Marc n'est pas le boute-en-train qu'ils connaissent, mais il sourit. Quand ses amis s'enquièrent de sa fatigue, il met tout sur le compte de la septicémie et sur la longue et difficile récupération. Je me demande s'ils sont dupes.

Arrive le jour où nous devons appeler le Professeur T. pour le fameux « débriefe ». Nous redoutons cet échange, synonyme d'un retour dans une réalité que nous tentons péniblement de fuir en Provence. C'est aussi le moment où le Professeur va nous expliquer le déroulement du deuxième traitement. À l'heure prévue, Marc et moi nous isolons dans le jardin, loin des enfants. Une secrétaire nous répond que le Professeur T. a du retard, il nous rappellera plus tard dans la journée. Marc raccroche, contrarié. Une heure passe, puis son téléphone sonne. Nous nous isolons de nouveau. Je prends l'une des oreillettes de Marc pour suivre l'échange.

Nous comprenons au ton du Professeur qu'il n'a pas beaucoup de temps, et qu'il nous appelle entre deux rendez-vous. Il nous parle dans un jargon médical que nous peinons à comprendre. Nous entendons surtout que les séances de ce nouveau protocole seront réparties différemment : une séance par semaine pendant trois semaines, puis une pause d'une semaine, et ainsi de suite. Nous comprenons mal les éventuels effets secondaires. Pour les décrire, le professeur avance des statistiques – ce qui déshumanise complètement la conversation. Bref, ce coup de téléphone nous laisse peu rassurés, angoissés, remplis d'incertitudes.

C'est dans cet état d'esprit que nous passons la seconde partie de notre séjour. Marc souffre alors de ce qu'on nous dira plus tard être des « fièvres tumorales » : de fortes fièvres, surtout en fin de journée.

Malgré l'angoisse et les fièvres, Marc mange bien : il a de l'appétit et ne semble pas perdre de poids. Il profite autant qu'il lui est possible de nos vacances. Il lit beaucoup, joue avec les enfants, profite du jardin et des parfums de la Provence. Si bien qu'au terme du séjour, il tient à réserver la maison pour l'été suivant. En l'entendant parler à la propriétaire, je reçois comme une gifle silencieuse : je me dis en moi-même qu'il ne tiendra pas jusque-là. Pour tenter de me rassurer, je regarde la chevelure de mon mari, qui ne tombe toujours pas.

Le mois de septembre est traditionnellement rythmé par des événements heureux : mon anniversaire, la nouvelle année juive, Rosh Hachana, notre anniversaire de mariage.

C'est moi qui ai convaincu Marc de devenir mon mari. Et il a toujours tenu à ce que je le clame haut et fort. En réalité, je n'ai pas fait de demande en mariage, mais notre union m'a paru naturelle et évidente après la naissance de notre premier enfant. Marc était initialement hostile à l'institution du mariage. Cependant après la naissance d'Ethel, je lui ai fait valoir mes arguments : d'abord, je voulais porter le même nom que mes enfants, mais je ne pouvais pas envisager qu'ils ne portent pas le nom de leur père. Ensuite, je ne voulais plus être décrite comme la « conjointe », la « compagne » ou la « concubine » de mon amoureux ; je voulais être sa « femme ». Enfin, continuer de porter un nom juif tout en épousant un non-juif était plutôt cocasse et séduisant. Et puis je n'allais plus avoir à épeler les six consonnes successives de mon nom de jeune fille ! Marc a fini par accepter, et son nom est devenu le mien dès le lendemain de notre union.

Je voulais notre mariage aussi simple et informel que ne l'était pas celui de Rome. Notre union était si solide qu'elle ne devait s'encombrer d'aucune fioriture : seuls nos parents, frères et sœur étaient présents, en ce vendredi 9 septembre 2016. Nous sommes arrivés à pied à la mairie du IIIe arrondissement, depuis notre domicile, avec Ethel dans les bras, puis nous célébrâmes ensemble le repas de Shabbat chez mes parents au cours duquel Marc tint à réciter la prière du Kiddoush.

Cette rentrée 2020 échappe à l'euphorie habituelle du mois de septembre. Rythmés par la maladie de Marc et nos inquiétudes, même les événements heureux paraissent ternes.

D'abord, le retour à un quotidien fait de traitements et de rendez-vous médicaux annule l'espoir dont le deuxième protocole était porteur : sa pénibilité pèse davantage sur le moral que l'espoir de ses effets positifs. Je me sens ainsi très déprimée, malgré une reconversion professionnelle qui aurait dû m'enthousiasmer. En effet, au mois de septembre, je décide de lancer une agence de transactions immobilières, que j'installe dans le XVIe arrondissement. Ce nouveau métier me stimule : j'ai toujours adoré visiter des appartements, m'y projeter, les décorer et déménager. Mais cette activité censée être excitante est complètement déconnectée de l'état morne dans lequel je me trouve. Je suis vidée, je suis lasse, je n'ai envie de rien. Je vois tout en gris et j'ai l'impression d'avoir un voile de tristesse en permanence devant les yeux.

Mon quotidien professionnel me sert d'exutoire : il a le mérite de me faire penser à autre chose qu'à la maladie. Sollicitée par un couple d'amis qui souhaite acheter un appartement, je me dédie corps et âme à la tâche. Quelques heures par jour, j'appelle des confrères, je cherche en ligne sur les sites immobiliers, j'active mon réseau, je sélectionne plusieurs appartements, j'effectue des pré-visites pour être sûre de la qualité de chaque bien, et une fois par semaine, je fixe avec ces amis une demi-journée pendant laquelle nous les visitons ensemble. Je m'efforce de me réfugier dans l'action pour fuir la réalité qui me pèse. Il m'est cependant impossible de lui échapper totalement : pendant ces visites, il arrive souvent que Marc me téléphone. Et dès que mon esprit n'est plus occupé par cette agitation constante, une angoisse me saisit : je pense à mon mari qui est en chimio ou à mes enfants qui doivent bientôt rentrer de l'école et dont Marc ne pourra pas s'occuper.

Je m'efforce de scinder ma vie privée et ma vie professionnelle. Je ne laisse rien transparaître, y compris quand ces amis demandent comment Marc se remet de sa septicémie.

Marc me reproche parfois de ne pas rentrer plus tôt le soir et de ne pas passer assez de temps avec lui. Je lui en veux de ses remontrances, même si je les comprends. Il nous arrive de nous disputer, souvent les veilles de chimio. Aujourd'hui, ça me paraît fou qu'on ait réussi à se quereller en de tels moments, mais c'est alors l'expression de notre souffrance face à ce que la maladie exige de nous.

Nous ne sortons plus jamais tous les deux. À la belle époque, nous découvrions chaque semaine les restaurants qui venaient d'ouvrir, allions au cinéma en pleine journée, prenions des cours de chant. Mais les nouvelles contraintes et les angoisses qu'elles génèrent font que je ne sors plus que rarement avec mes amies. Marc, quant à lui, ne voit quasiment personne, à l'exception de déjeuners très occasionnels. Il n'en a ni l'envie, ni le courage. Nous déclinons les invitations en nous cachant derrière le covid ; l'argument est imparable : Marc est « à risque » à cause de sa septicémie.

Nous passons donc nos soirées dans le salon de notre appartement de la rue La Fayette. Après le coucher des enfants, vers vingt heures, nous allumons la télévision. Les séries et les films ont un effet salvateur sur Marc – qui les choisit légers et plutôt comiques. Mais ce qui lui vide le mieux la tête, ce sont les émissions télévisées. Plus elles sont débiles, plus elles le détendent. Il arrive à me convaincre de regarder « L'amour est dans le pré » tous les lundis soir. Ça devient un rituel que nous ne manquons jamais. Il y a aussi les soirées « Top chef ». Marc m'impose de lever les mains en même temps que les candidats à la fin du compte à rebours de l'épreuve. 5...4...3...2...1...0, c'est terminé ! Il se fâche si je ne le fais pas. Il est aussi très fidèle aux émissions de recherche d'appartements et de décoration. Je regarde pour lui faire plaisir mais je ne suis pas toujours très concentrée : il m'arrive souvent de ne les regarder que d'un œil, l'autre sur mon téléphone – cela horripile mon mari qui voudrait que je sois focalisée sur le programme. Parallèlement, lui guette sur Twitter les commentaires des autres téléspectateurs quand il se passe quelque chose de drôle. C'est toujours lui qui zappe et choisit le bon programme. Ses douleurs ne lui permettent plus de me masser comme nous en avions l'habitude, lui assis sur le canapé, moi par terre entre ses jambes.

Ces soirées passées ensemble ne parviennent pas tout à fait à rompre notre isolement mutuel.

Un soir, alors que nous regardons une émission, assis dans notre canapé turquoise aussi beau qu'inconfortable, quelqu'un cite une phrase de Romain Gary qui m'interpelle immédiatement. Je sors mon téléphone et demande à Marc de me la répéter pour la noter : « *L'humour est la preuve de la supériorité de l'homme sur ce qui lui arrive.* » Je ne sais si Marc comprend pourquoi je souhaite la noter : je pense qu'il était suffisamment vif d'esprit pour deviner. Quoi qu'il en soit, j'interprète son silence comme une forme d'acquiescement.

Ce mois de septembre correspond aussi à la première rentrée en maternelle de notre fils Adam. Elle se passe plutôt bien. Je suis un peu stressée : il n'a que deux ans et demi et il est très attaché à moi. Il aurait pu attendre l'année d'après pour entrer en petite section. Mais je suis agréablement surprise : malgré des séparations difficiles le matin, Adam s'acclimate bien et demande à rester les journées entières. Un soir, il me dit qu'il est heureux d'aller à l'école comme un grand. Je le regarde avec tendresse, avec fierté aussi. Je vois pour la première fois qu'il ressemble comme deux gouttes d'eau à son papa.

Ethel, quant à elle, est très à l'aise à l'école. Elle aime l'ordre, l'apprentissage, la concentration. Elle est fine, observatrice, souvent étonnante. Une fois, alors que nous attendons le train pour la Normandie sur le quai de la gare, le personnel de la SNCF nous offre des TGV prédécoupés sur une feuille cartonnée. Je me dis que mes enfants sont probablement trop petits pour une telle activité, pour laquelle je suis moi-même totalement inapte. Une fois dans le train, je pose les feuilles en carton sur la tablette. Ethel les saisit et, concentrée, débute la construction des deux wagons. Adam cale sa tête sur mes genoux et s'endort. Dix minutes plus tard, elle a tout imbriqué avec une facilité déconcertante. Je la regarde stupéfaite en lui demandant comment elle a fait ça toute seule. Elle me répond en souriant : « Bah maman, c'est facile, il suffit d'aller à l'école ! »

J'observe l'état de Marc qui se dégrade lentement. Je suis en permanence sur mes gardes, consciente que la situation peut s'emballer à tout moment. Je n'arrive plus à faire aucune projection, même à court terme, et je subis chaque jour qui passe. Je navigue à vue. L'été 2021 me semble inatteignable, et je me demande à quelle date la mort fera irruption dans notre vie.

Le nouveau traitement n'atténue en rien les souffrances de Marc. Et elles sont d'autant plus pénibles qu'elles perturbent énormément notre quotidien.

Marc jongle entre la chimio, les médicaments, son travail, la rééducation qu'il poursuit avec son kiné, les séances avec son coach et les effets secondaires. À l'exception des urgences, nous n'avons personne à qui nous adresser. Le prochain rendez-vous avec l'oncologue n'est fixé qu'au 2 novembre, perspective trop lointaine pour soulager Marc. Il reste de plus en plus souvent au lit, même s'il a la chance de pouvoir faire des allers-retours entre notre chambre et son bureau, de l'autre côté de l'appartement. Le professeur avait raison : le cancer et le travail coexistent difficilement.

En ce mois de septembre, Marc doit en plus se soumettre à un test ADN : comme son cancer est extrêmement rare à son âge, les médecins veulent s'assurer qu'il n'a pas de cause génétique. Angoisse supplémentaire : on nous fait comprendre qu'il faudra peut-être surveiller les enfants. Je suis terrorisée, mais Marc accepte une fois de plus. Il accepte la peur, il accepte la douleur, il accepte les traitements, il accepte la maladie. Jamais il ne se plaint, ni se demande pourquoi c'est à lui que tout ça arrive. Il dit que c'est comme ça, ce serait bien plus injuste pour un enfant, c'est au contraire une chance que ça tombe sur lui et pas sur un autre membre de notre famille. Il dit qu'il a eu une belle vie jusque-là, il a toujours été heureux, il a vécu plein d'expériences, il est entouré d'amis formidables, il a la chance d'avoir de merveilleux enfants et d'être amoureux de sa femme. Son attitude m'impressionne.

Marc encaisse mais son état de santé se dégrade encore, surtout à partir de la mi-octobre. Ses douleurs deviennent très intenses. Mais cela n'entache pas sa motivation. Il continue de se battre : il y croit, il veut y croire. Tant qu'il a une chance de guérir, il veut la saisir. Il sait que la seule manière de forcer le destin, c'est de parier sur une issue favorable. Un peu comme l'Euromillions, auquel je le vois jouer sur son application de la Française des Jeux, chaque vendredi.

Ses séances de coaching l'aident beaucoup à entretenir cette force de caractère. En prévision du bilan du deuxième traitement, Marc se prépare, tel un sportif, en anticipant toutes les options, surtout les pires. Il préfère s'attendre à une mauvaise nouvelle. Son raisonnement est stupéfiant. Nos fonctionnements et nos pensées sont à l'exact opposé : je ressens de la colère, un profond sentiment d'injustice. Je suis énervée par n'importe quoi et par tout le monde, et pour rien. J'ai l'impression d'être aigrie. Pourquoi lui ? Pourquoi nous ? Qu'est-ce que j'ai fait ? Est-ce que je paie une faute ? Est-ce que c'est parce que notre histoire a débuté par une tromperie ? La probabilité d'une telle maladie à l'âge de Marc est tellement mince, faut vraiment pas avoir de chance. Mais pourquoi, putain, pourquoi ??? Ça me rend dingue, moi pour qui rien n'est impossible, pour qui il y a toujours une solution. À quoi servent l'armada de médecins qui nous entourent, les meilleurs protocoles de traitement, le professeur de médecine et le CHU de pointe, si ça n'est pas pour guérir mon mari de 43 ans ? Où sont les progrès de la science, merde ?

Marc me dit que je dois travailler sur ma colère et ma psy me répond que j'ai toutes les raisons d'être en colère. Elle finira par passer.

J'aurais trouvé le comportement stoïque de Marc presque inhumain si je n'avais pas constaté que, par moments, l'angoisse perçait son armure. Marc me livre sa pire crainte : s'il meurt, ses enfants ne se souviendront pas de lui. Petit à petit, cette peur devient sa hantise. Plusieurs fois, il me confie qu'il aimerait pouvoir rester en vie encore une dizaine ou une quinzaine d'années seulement, le temps que les enfants soient plus grands, qu'il ait le temps de les élever et de les combler d'amour.

À l'approche du rendez-vous chez l'oncologue, il décide cette fois que si « ça va dans le mauvais sens », il l'interrogera sur la sentence, le pronostic qu'il n'a pas voulu connaître avant.

Jusqu'à présent, je sentais qu'il fallait que je me taise et que je respecte la volonté de mon mari. Mais je vois désormais qu'il ressent le besoin de parler, de partager ses craintes et ses questionnements. Il a besoin que nous fassions équipe, que je le soutienne, que je le rassure, que nous soyons alignés. Alors je m'adapte. Nous évoquons la douloureuse question de la durée de sa maladie. Il me dit qu'il veut guérir, ou que ça aille vite. Je suis d'accord avec lui. Je le lui dis. Je ne supporte pas de le voir souffrir. Je ne veux pas que le cancer le ronge pendant des années. Je voudrais que la mort vienne le chercher, qu'elle le laisse un peu tranquille, qu'il arrête enfin de souffrir le martyre. Je serais presque pressée qu'il meure, finalement.

Aujourd'hui je pense à la relativité du temps.

Sa maladie l'aura bouffé pendant huit mois.

Huit mois, c'est très rapide pour une telle maladie. C'est ce qu'on appelle un cancer fulgurant. Mais c'est aussi huit mois de souffrance, de traitements, de chimiothérapie, de radiothérapie, d'immunothérapie. Huit mois de médicaments à avaler, de douleurs à endurer, de gerbes, de chiasses, de combat. Huit mois, c'est trop rapide pour mourir, mais trop long pour souffrir.

1er novembre : c'est la veille du rendez-vous fatidique avec le Professeur. Marc souffre énormément. Nous sommes à deux doigts d'aller aux urgences. Il décide de serrer les dents car il ne veut pas multiplier les allers-retours. Le voir transpirer de douleur est un spectacle difficilement supportable.

Le 2 novembre, au matin, nous partons en voiture pour le CHU. Je conduis tout doucement car les pavés parisiens sont un supplice pour Marc. Il me guide pour éviter les trous du bitume sur cette route qu'il connaît par cœur. À notre arrivée, il est dans un sale état.

Nos anticipations funestes sont confirmées : la maladie a continué sa progression sordide. Le professeur explique qu'il faut de nouveau changer de traitement. Celui-ci allie chimiothérapie et immunothérapie. Marc devra toutefois faire des tests pour vérifier si son corps est réceptif à l'immunothérapie.

Marc prend alors le temps de poser les questions qu'il avait prévues :

« Dois-je préparer mes affaires pour ne pas partir en laissant la vaisselle dans l'évier ?

— Oui. C'est le traitement de la dernière chance. S'il ne marche pas mieux que les autres, il ne vous restera que quelques mois de vie… »

Marc encaisse le coup. Plus tard, il me dira qu'il me trouve courageuse. Je me sens coupable, je n'ose pas lui avouer que ce pronostic n'était pas une surprise pour moi.

Marc sort du box de consultation pour une prise de sang qui doit décider de la possibilité de l'immunothérapie. Rapidement, nous apprenons que ses marqueurs sont particulièrement favorables : il obtient le score de 26, alors qu'il suffit de se situer entre 5 et 10. Ce chiffre symbolique, celui de Dieu chez les juifs, nourrit notre espoir. D'autant plus qu'au sortir du rendez-vous, notre ami Francis nous donne des raisons supplémentaires d'y croire : l'une de ses amies, qui souffrait d'un cancer du poumon et dont les deux premiers traitements avaient été un échec, a été sauvée par l'immunothérapie.

C'est donc parti pour le troisième et dernier traitement. Rendez-vous début janvier pour en tirer les conclusions.

Compte tenu de l'état physique de Marc, l'oncologue appelle une collègue, le Docteur B., pour qu'elle examine Marc et voie s'il est possible d'atténuer ses douleurs. Le Docteur B. gère les soins palliatifs – j'apprends alors que les soins palliatifs ne sont pas uniquement les soins de fin de vie, mais aussi ceux liés au traitement de la douleur. Elle fait preuve d'une empathie étonnante, se comporte comme un ange, et repense complètement le protocole médicamenteux. À présent, nous disposons de tout un panel de médicaments : celui contre le hoquet en rafale, celui contre les diarrhées, ceux qui chassent la constipation, les nausées ou les vomissements…

Malgré tout, deux jours après le rendez-vous, les douleurs ne s'atténuent toujours pas. Marc est hospitalisé. Fiévreux et douloureux, il est suspecté de covid ou d'embolie pulmonaire. Le traitement est repoussé tant qu'on ne sait pas à quoi est dû son état. À chaque fièvre, il faut refaire un test PCR. Finalement, il n'a ni covid ni embolie. Ce sont les fièvres tumorales qui reviennent nous emmerder.

Cette première hospitalisation marque le début de très nombreux allers-retours entre chez nous et l'hôpital Pompidou. Nous commençons à fréquenter ce cinquième étage qui n'aura bientôt plus de secrets pour nous, avec le bureau de la cadre au début du couloir, les chambres, la salle des familles, le bureau des internes, enfin celui des infirmières qui finiront toutes par nous connaître.

Ces allers-retours me font prendre conscience que les choses sont en train de se précipiter, que nous serons bientôt face au mur. Nous sommes déjà face à la mort. Cette compréhension ne laisse plus de place à la colère qui m'animait jusque-là. Je plie les genoux et je cède. Je me résigne. Je rejoins enfin le clan de Marc, le clan de ceux qui acceptent. Jusque-là, j'avais anticipé le fait que je serais endeuillée. Je me rends alors compte que j'ai déjà commencé ce deuil – malgré moi et malgré Marc.

Il m'a fallu tellement de temps pour accepter, pour arrêter de me battre contre cette maladie face à laquelle nous sommes désarmés. Accepter n'est pas une décision simple ; c'est un long parcours. Un véritable chemin de croix qui m'a préparée à faire le deuil de mon mari de son vivant. C'est sans doute l'une des épreuves les plus difficiles que j'ai traversées : accepter l'inéluctable décès de Marc alors qu'il était encore plein de vie. Toute personne qui a connu une situation similaire peut en témoigner : entamer un deuil trop tôt est une souffrance dédoublée. Celle du deuil d'abord, mais aussi celle de devoir vivre ce deuil du vivant de la personne. Et cette deuxième souffrance est d'autant plus vive qu'elle nous ronge de l'intérieur, instillant en nous çà et là de la culpabilité, de l'espoir… et pire, parfois même de l'impatience.

J'espérais, avant le rendez-vous avec le professeur, que le bilan serait positif. Je m'étais résolue, dans l'hypothèse où les résultats seraient inquiétants, à parler aux enfants. Je savais qu'il faudrait alors les prévenir et les préparer. Mais je n'avais pas voulu le faire trop tôt : pourquoi les effrayer si le protocole s'avérait efficace ? Avec les résultats désespérants, je me vois dans l'obligation de les confronter à la réalité. Je suis angoissée et ne sais comment m'y prendre. Faut-il mettre les pieds dans le plat ou se contenter de répondre à leurs éventuelles questions ?

Je questionne la psychologue de l'hôpital Pompidou. Elle me suggère de commencer par leur demander ce qu'ils comprennent de la maladie de leur papa, de recueillir leurs observations et de leur assurer que je suis disposée à répondre à toutes leurs questions. De manière plus générale, elle me recommande de leur dire que c'est grave – ou en tout cas sérieux –, pour qu'ils n'assimilent pas la maladie de leur père à un simple mal de ventre, de ne pas mentir, de leur dire qu'ils ne sont pas responsables, que ce n'est pas contagieux et que c'est rare. Je dois leur expliquer que les médecins font de leur mieux pour soigner leur papa, afin qu'ils ne perdent pas confiance dans le corps médical, mais que parfois certaines maladies sont compliquées à soigner. La psy insiste sur un point : il faut dire « soigner » et non « guérir ».

Jusque-là, je n'avais jamais évoqué le thème de la mort avec les enfants. Une seule fois, au mois d'août, Ethel m'avait prise au dépourvu en me demandant qui était le père de Papy Francis et où est-ce qu'il était. Prise de panique à cause de la maladie de Marc, j'avais botté en touche : « Papy Simon est au ciel ! » Elle m'avait regardé comme une idiote, comme si je me moquais d'elle. J'avais alors raconté notre conversation à Marc, qui m'avait priée de le laisser leur expliquer ce concept. Mais il n'a pas eu le temps de le faire.

L'hospitalisation inattendue de Marc ne me permet pas de parler aux enfants comme je m'y étais préparée. Me voilà réduite à leur faire une annonce : « Votre père va passer quelques jours à la *Maison des Docteurs.* » Marc a toujours insisté sur le fait d'employer un vocabulaire adapté à leur âge, auquel il est très attaché : il ne veut pas dire « Hôpital » mais « Maison des Docteurs ». Quand j'ai accouché d'Adam à Necker, il disait à Ethel que maman était à la « Maison des Bébés ». C'est peut-être son côté mère juive, si protecteur.

Malgré cette précaution lexicale, mon annonce est reçue froidement par les enfants. Elle les renvoie aux souvenirs de la septicémie de Marc et à ses deux hospitalisations successives. Ils n'ont pas l'habitude du quotidien sans leur père. Je tâche de les rassurer. J'adopte d'abord un ton enjoué et combatif : « Vous avez remarqué que Papa n'était vraiment pas en forme ces derniers jours ? Et bien, le médecin ne l'a pas trouvé en forme non plus. Il considère qu'une bonne semaine à la Maison des Docteurs va lui faire du bien. Vous aussi vous voulez que Papa aille mieux ? Alors faisons confiance au Docteur, il va le requinquer. »

Je culpabilise de ne pas être transparente sur la gravité de la maladie. Puis je repense aux conseils de la psychologue et à la fameuse stratégie en deux temps de Marc, et je me raisonne : un temps pour tout. De toute façon, je n'ai pas le choix.

Pour contrebalancer la peine que cette annonce leur cause, je force mon sourire. Je veux que mon visage inspire de la confiance. Le ton de mes propos est presque enjoué, ferme et confiant en tout cas. Devant mes enfants, je mets le masque de l'optimisme. Et là encore, j'ai l'impression de jouer la mascarade, d'être prise au piège de cette comédie quotidienne que je m'impose. Comme lorsque, devant mes amies, je dois faire semblant d'être heureuse et sereine pour préserver le secret de Marc. Dans ces moments-là, je ne me sens plus en droit d'exprimer mes émotions, la crainte, la peur, l'angoisse que je ressens. Mon visage est devenu le théâtre des sentiments que je veux projeter, non de ceux que j'éprouve.

Cette nouvelle hospitalisation de Marc réveille ma superstition. À quoi se raccrocher quand le sort s'acharne et qu'on se sent totalement désemparée ? Je deviens persuadée que quelqu'un nous a jeté un maléfice et qu'il convient donc de consulter un marabout pour nous désensorceler. Je questionne ma belle-sœur Cindy, qui s'y connaît en matière de superstition.

Renseignements pris auprès des instances compétentes, Cindy me transmet le remède : il faut brûler du prour dans la maison. Le prour est une espèce d'encens qu'on utilise pour chasser le mauvais œil ; c'est une coutume ancestrale en Tunisie, d'où la famille de Cindy est originaire. Je décide de profiter d'une journée où je suis seule à la maison pour essayer ce rituel. Cindy m'envoie par coursier tous les ingrédients scrupuleusement emballés dans du papier aluminium, ainsi que la petite poêle servant à faire brûler le mélange. Mais je suis prise de panique : je ne peux pas prendre le risque de mal suivre la procédure, dont l'efficacité se trouverait immanquablement amoindrie. J'appelle en FaceTime Cindy et sa mère et leur demande de me guider pas à pas tout au long de ce traitement contre le mauvais œil, pour être sûre de ne commettre aucun impair.

Et c'est ainsi que, tenant d'une main mon iPhone et de l'autre une poêle fumante, je me retrouve en train de me balader dans mon appartement, veillant à ce que la fumée malodorante enveloppe chaque recoin de chaque pièce. Le mode d'emploi exige aussi de placer une bouteille d'eau sous le lit. Pas n'importe quelle bouteille, évidemment : une petite bouteille de Cristalline avec une prière écrite en hébreu sur l'étiquette. Il faut également réciter quelques prières en allumant des bougies.

Quelques heures plus tard, mes enfants rentrent de l'école. Ils se mettent à tousser et me demandent pourquoi la maison pue. Et tandis que je me demande quoi leur répondre (je ne voudrais pas qu'ils s'imaginent que leur mère est folle), j'entends la femme de ménage crier : en passant l'aspirateur, elle a heurté la bouteille d'eau qui s'est renversée et a inondé la chambre. Dubitative devant les inscriptions hébraïques sur la bouteille, elle me la tend. *Elle* a l'air de penser que je suis folle.

Après une semaine d'hospitalisation, Marc est de retour à la maison. Il semble requinqué.

Il me demande de lui préparer des repas « comme à l'hôpital ». Il veut en tout point le même plateau : un plat mixé, sans sel, une petite portion de fromage (qu'il exige le plus industriel et le moins gras possible) et une compote ou un yaourt au chocolat liégeois. Sa requête de nourriture mixée m'étonne. Il pense qu'il la digère mieux ; ça lui plaît et ça lui fait du bien. *Exit* la lubie des steaks hachés des semaines précédentes. Pour le satisfaire, je passe une énorme commande de légumes chez mon primeur et j'utilise mon Babycook pour mélanger du poisson ou de la viande à une purée de légumes variés : carottes multicolores, courge butternut, brocolis, haricots verts, courgettes, pommes de terre… Je lui apporte ses repas sur un plateau, que je dépose sur notre desserte à roulettes. Elle lui rappelle la tablette du CHU.

Au départ ravi de ces nouveaux menus, Marc change rapidement d'avis et me réclame des plats Picard, que j'achète par vingtaines. Il ne mange plus que ça. Mais la tendance Picard ne dure pas davantage. Il perd le peu d'appétit qui lui restait. Et lorsqu'il mange, il régurgite. En plus des douleurs, ses vomissements sont quasi permanents. Pour y faire face, je mets en place une organisation à deux bassines : lorsque j'en vide une, Marc peut utiliser l'autre. Son état de santé se dégrade, toujours et encore.

Lorsque, mi-novembre, nous devons nous rendre au service de génétique de l'hôpital pour avoir les résultats du test ADN, il est très amaigri. La crainte se lit sur son visage. J'imagine aisément sa frayeur : quelle culpabilité éprouvera-t-il s'il apprend qu'il a transmis un risque à ses propres enfants ? Heureusement, le docteur nous annonce d'emblée, sans ménager le suspense, que sa maladie n'est pas d'origine génétique. Ça fait longtemps qu'on n'a pas reçu une bonne nouvelle. Je vois sur son visage le soulagement, pudique : une seule larme qui coule sur sa joue.

La pesée devient un supplice pour Marc. Chaque matin, il grimace avant de monter sur la balance. Chaque kilo perdu est un échec, un mauvais signe, un pas vers la mort. Et Marc est attaché aux symboles. Comme lorsqu'il apercevait des petits lapins sur la bretelle d'entrée du périphérique porte Dauphine et qu'il se disait que c'était un bon présage de réconciliation lors de nos séparations amoureuses.

Sa perte de poids est spectaculaire et terrible. Nous comprenons qu'il faut retourner à l'hôpital. Dès son arrivée, Marc est à nouveau hospitalisé. Les médecins découvrent qu'il souffre d'une colite, une inflammation du colon causée par l'immunothérapie. C'est peu fréquent et requiert une surveillance accrue. Pendant ce nouveau séjour à Pompidou, Marc décide de troquer sa belle montre contre une G-Shock en plastique. Mais la G-Shock l'énerve : il n'arrive pas à enlever les alarmes qui sonnent tous les jours à 20 h 30 et à 21 h, interrompant son repos. Comme une vanité, la montre lui rappelle que le temps passe et que ses heures sont comptées.

La colite canalisée, Marc rentre une nouvelle fois à la maison, rassuré d'avoir été si bien soigné. En une semaine, il a repris du poil de la bête. À son retour, il n'a pas été aussi bien depuis un long moment.

Marc sait qu'il a une dernière chance avec l'immuno, mais il sait aussi qu'elle est mince. Il considère qu'il est « mal embarqué » et que le moment est venu de « préparer ses affaires ».

Il profite de se sentir plus en forme pour téléphoner à ses parents. Il avait pourtant souhaité les préserver jusque-là en leur disant le minimum. Je n'assiste pas à cette conversation : je sais que la pudeur de Marc impose qu'il soit seul pour exprimer ces mots indicibles. Il me confie simplement qu'il veut leur dire qu'il les aime, les remercier de lui avoir donné l'éducation qu'il a reçue, leur dire qu'il a été heureux toute sa vie. L'adieu d'un enfant à ses parents.

Il appelle son frère pour lui faire part de son état physique et mental, de ses volontés et de ses instructions.

Il appelle mon père pour lui demander de se charger de la concession. Mon père ne veut pas. Pas maintenant. C'est trop tôt. S'en occuper, ce serait accepter, ce serait déclarer forfait. Marc voit bien que mon père rechigne, alors quelques jours plus tard, il appelle lui-même le cimetière de Bagneux. C'est là qu'il veut être enterré, près de sa grand-mère Zelda.

Il appelle ensuite mon beau-frère, Benjamin, qui le devance en lui disant que nos enfants ne manqueront jamais de rien.

Il appelle Daniel, mon frère, pour lui demander de prendre toutes les décisions religieuses concernant les étapes de la vie de nos enfants, leurs *bar* et *bat mitsvah*, leurs mariages, d'être leur « tuteur » religieux.

Je n'assiste à aucune de ces conversations, mais j'en connais la teneur car Marc me dit tout.

Je sens de mon côté qu'il est temps d'en dire un peu plus aux enfants, de les préparer à ce qui va arriver, dans un temps qui m'est inconnu mais qui ne me paraît plus si lointain. Je profite d'un moment où nous sommes tous les trois et pendant lequel nous parlons naturellement de Marc. Je leur explique que parfois, les personnes malades ne guérissent pas. Je veux planter une petite graine et la laisser germer dans leur esprit. C'est mon rôle de mère de les aider à prendre conscience que la situation est sérieuse, et qu'il est probable que les choses ne se passent pas comme on l'espère.

Puis Marc entreprend de me reparler de sa mort. Il me montre la lettre qu'il a écrite aux enfants. Je la lis en diagonale, incapable de me projeter *post mortem* alors que j'ai encore la chance de l'avoir auprès de moi. Il me dit qu'il voudrait que nos enfants assistent à son enterrement. Cette volonté émane de l'expérience vécue par l'un de ses très proches amis, qui a perdu son père quand il était enfant et n'a pas été emmené à l'enterrement. Cet ami a expliqué à Marc qu'il regrettait de ne pas y avoir assisté, qu'il n'avait pas pu faire le deuil de son père.

Je suis très réticente : nos enfants ont trois et cinq ans, je trouve inapproprié qu'ils soient présents. Voir leur père dans une boîte serait d'une violence inouïe et ne pourrait que les traumatiser. Avoir cette conversation est irréel. Parler de la présence de ses enfants à l'inhumation de son mari alors qu'il est encore vivant est insupportable. Je peux tout endurer me concernant, mais dès qu'il s'agit d'Adam et Ethel, imaginer leur innocence d'enfant face à la tragédie est au-delà de mes forces. Je n'ai cependant plus d'autre choix que de m'y confronter. Je dois « trancher » ce différend du vivant de Marc : je veux le prévenir de ce que je vais faire, pour ne pas me retrouver hésitante, mal à l'aise ou prise d'un sentiment de trahison le moment venu. Je sollicite à nouveau la psychologue de l'hôpital. Elle a l'intelligence de ne pas donner son avis mais de me guider. Elle me dit que je suis la maman et que personne ne sait mieux que moi ce qui est bon pour mes enfants. Elle dit aussi une chose que je trouve très sensée : ce qui compte, c'est de matérialiser le deuil pour les enfants. Qu'ils aient aussi leur cérémonie pour dire au revoir à leur père. Je dis à Marc que je souhaite suivre ces conseils. Il me répond qu'il me fait confiance, que je ferai de toute façon ce qui est le mieux pour Ethel et Adam.

Au-delà de ce sujet, Marc ne me donne aucune instruction. Je m'attends à ce qu'il évoque le futur mais le sujet ne vient pas. Je mets les pieds dans le plat : « Et moi, tu ne me demandes rien ? » Il répond du tac au tac : « Qu'est-ce que tu veux que je te dise que tu ne saches déjà ? Nous n'avons pas besoin de nous parler pour nous comprendre. » Je suis à la fois fière, émue et pleine de doutes. Je manque souvent de confiance en moi, or là, l'enjeu est de taille. Je devrai élever seule nos enfants dans le respect des valeurs de leur père. Une partie de moi aurait envie d'être guidée, d'avoir des directives à suivre scrupuleusement. Mais l'autre partie sait qu'il a raison. Nous avons toujours été alignés sur les sujets majeurs. Je connais l'intensité de son amour et la confiance aveugle qu'il me porte.

Arrive le 10 décembre, date particulièrement chargée émotionnellement, que je ne suis pas près d'oublier.

Le début de matinée est routinier – si tant est que l'on puisse parler de routine en une telle période. Quoi qu'il en soit, je me lève à l'heure habituelle, prépare les enfants pendant que Marc, comme d'habitude, se lève à son rythme et prend ses médicaments. Nous prenons le petit-déjeuner, puis je dépose les enfants à l'école et pars travailler.

Vers 09 h 30, je reçois un message de Marc qui m'émeut beaucoup, où il me transfère le texto que vient de lui envoyer son ami Fred. À sa lecture, je comprends à demi-mot que, pour la première fois, Marc s'est confié à un ami. Enfin, il a percé la chape de plomb sur le secret qu'il nous imposait à tous deux ! Enfin, il a parlé !

C'est pour moi un soulagement, aussi immense qu'immédiat. Une délivrance. J'expire longuement en fermant les yeux, comme à la lecture d'une bonne nouvelle. L'air que j'extrais de mes poumons était d'un poids considérable. Je suis délestée. Je sais combien il est difficile pour Marc de vaincre sa pudeur et de verbaliser sa maladie. Je devine le soulagement de mon époux, et que ce transfert de SMS exprime bien davantage qu'il ne dit : il me dit sa fierté d'y être parvenu, la joie qu'il éprouve à la partager avec moi. Comme si Marc me tendait la main pour me demander l'aide qu'il refusait jusqu'alors que je lui apporte. Comme si notre binôme retrouvait toute sa vivacité, même face à ce putain de cancer. Là, je sens que nous sommes un vrai couple, uni dans l'épreuve.

Quelques jours plus tard, Marc formule clairement mon sentiment. Le 19 décembre, il m'envoie encore un message Whatsapp :

« Amour, je me sens mieux avec les médocs. Je voulais aussi te dire que je te trouve formidable ! On vit des trucs pas bien marrants en ce moment mais ta résilience me donne une force incroyable. Ta force depuis quelques semaines que la situation s'intensifie me transcende. Au début j'étais courageux et costaud. Maintenant que c'est plus dur, je tire toute ma force de toi ma femme. Je t'aime. Tu es le meilleur des soutiens. »

J'éprouve aujourd'hui un besoin fréquent de relire ses messages. Ils sont, avec ses *voicenotes*, tout ce qui me reste de lui. Sa pudeur l'empêchait parfois d'exprimer de vive voix ce qu'il souhaitait me dire ; et j'en étais frustrée ; aujourd'hui, je mesure toute l'importance de nos messages téléphoniques, truffés d'émojis et de mots doux, et j'en suis heureuse. Je me surprends à découvrir la profondeur de ces échanges qui, lorsqu'ils étaient banals et quotidiens, ne me semblaient pas chargés du sens dont ils étaient réellement porteurs. Ils étaient pourtant la manifestation de notre lien. De notre union. De notre amour. Aujourd'hui je les relis, je les écoute et je m'en gave. Je m'abreuve de ces traces de Marc comme si ces mots pouvaient étancher ma soif de retrouver l'amour de mon mari. Pourtant, le deuil, c'est de savoir que cette soif restera insatiable.

10 décembre, vers 14h00, je rentre à la maison gonflée d'enthousiasme du fait que Marc et moi retrouvions notre complicité. En chemin, je me dis que nous sommes de nouveau ensemble pour affronter l'adversité. Je me dis que j'ai la pêche et que je dois utiliser ce regain d'optimisme pour notre rendez-vous. En effet, à 17 heures, nous devons rencontrer par visioconférence (covid oblige !) la directrice de l'école dans laquelle nous souhaitons scolariser Ethel en CP. Cette école, très prisée, se situe à quelques pas seulement de notre domicile et se veut très sélective : il est difficile d'y être admis. J'avais donc dû rédiger une lettre de motivation quelques semaines auparavant, et constituer tout un dossier. Comme c'est un établissement catholique accueillant des enfants de toutes religions, j'avais mis en avant la mixité religieuse de notre couple. En lisant cette lettre, Marc s'était marré : « Mixité mon cul ! Je suis plus juif que toi ! »

Dans l'après-midi, Marc et moi répétons donc notre argumentaire et je lui confie ma crainte de me retrouver seule face à la caméra dans ce zoom, sans son soutien habituel et rassurant. À 17 heures, au moment où j'ouvre mon ordinateur pour me connecter, j'ai la surprise de voir que Marc s'est levé et a enfilé une chemise blanche avec une énergie étonnante. L'entretien démarre avec la directrice, une femme brune d'une cinquantaine d'années assise à son bureau, mal cadrée par son écran. Avant de poser quelques questions à Ethel, elle s'adresse à nous. Elle nous demande de nous présenter. Marc prend immédiatement la parole, très sûr de lui. Je fais mine de ponctuer quelques-unes de ses phrases, mais je le laisse diriger l'entretien car il le fait parfaitement bien. Je le sens débordant d'énergie et prêt à tout pour que notre fille soit admise dans cet établissement. Il indique à notre interlocutrice qu'Ethel sait déjà lire, qu'elle est hypermnésique, studieuse et appliquée, mais qu'elle aime aussi se détendre à travers certaines activités comme le yoga, qu'elle a découvert pendant le confinement et qu'elle pratique seule sur un tapis dédié.

À l'issue de l'entretien, Marc et moi avons la joie d'apprendre qu'Ethel est acceptée.

Il est 19 heures, je dois préparer le dîner des enfants. Il manque des œufs. Je me résous à descendre rapidement au Monoprix du coin de la rue. Tandis que je passe en caisse, je reçois un SMS de Marc : « Bravo tu es la meilleure quand tu veux quelque chose. Je t'aime aussi pour ça. » Je pleure en lisant son message et lui réponds combien je l'ai trouvé impressionnant pendant la visio.

10 décembre, 20 h 30 : je couche les enfants.

Je n'ai pas le temps de terminer de les embrasser que Marc m'appelle. Je pense qu'il a une urgence, envie de vomir et besoin que je lui apporte une bassine.

J'arrive à la porte de notre chambre, il se met à parler. Ses phrases sont incohérentes. Même si les mots qu'il emploie n'existent pas, il les prononce avec un aplomb incroyable. L'espace d'une seconde, je prie pour qu'il se moque de moi. Je le fais répéter. Plusieurs fois. Mais je ne comprends rien. Je vois que sa frustration se meut en énervement puis en exaspération.

Je comprends que la situation est gravissime. Sans être médecin, je pose seule un diagnostic : soit Marc est en train de faire un AVC, soit il a des métastases au cerveau. Entre l'AVC et les métastases, la peste ou le choléra, mon cœur balance... J'appelle Francis pour savoir si je dois appeler le SAMU ou les pompiers pour éviter qu'il ne soit emmené ailleurs que dans le CHU où il est suivi. Je lui demande aussi d'appeler mon père pour lui dire de venir immédiatement. Marc semble saisir ce qui se passe et tente laborieusement de me dissuader. J'appelle le SAMU mais mon interlocuteur ne m'entend pas. Le genre de problème technique qui n'arrive qu'au bon moment... Je réitère. Marc récupère un peu de lucidité, comprend que j'appelle les secours et s'y oppose. Il réussit même à embrouiller le médecin du SAMU, qui demande à lui parler pour évaluer son état de confusion.

Je rappelle Francis et lui passe Marc. Il comprend immédiatement que ça ne va pas et tente de le raisonner. Mon père arrive. Puis les secours. Par miracle, les enfants ne se réveillent pas. Je reste à la maison avec ma mère, mon frère et ma sœur qui arrivent l'un après l'autre, tandis que mon père monte avec Marc dans l'ambulance, rejoint sur place par Francis et mon beau-frère David.

Le verdict tombe : ce sont des métastases cérébrales. Elles ont provoqué une crise d'épilepsie. Après avoir passé la nuit aux urgences, Marc est transféré au cinquième étage, dans le service d'oncologie digestive. Je vais le voir en début de matinée, dès que j'ai déposé les enfants à l'école. Je sens Marc ému en me voyant. Je m'approche de lui pour l'embrasser, émue moi aussi. Il commence par me féliciter : « Tu as été formidable, tu ne m'as pas écouté lorsque je t'empêchais d'appeler les pompiers, heureusement. Tu as eu raison, comme toujours. Merci mon amour, je t'aime. » Comme si je méritais le prix Nobel pour avoir voulu le sauver... Je remarque tout de même que sa mémoire n'est pas totalement claire à l'évocation de certains sujets récents, notamment liés à sa maladie. Plusieurs mots liés au jargon du cancer lui échappent, de même que le nom de certains praticiens, comme celui du Professeur T. Troublé, il m'avoue que ce qui s'est avéré le pire, dans cet épisode, est qu'il ne se souvenait pas du prénom de nos enfants. Il n'a jamais rien vécu de plus horrible, car il était tout à fait conscient de son trouble. Il est clairement traumatisé. J'imagine le désarroi qu'il a dû ressentir, la honte, la frustration, l'enfer de ces quelques instants pendant lesquels je n'étais pas là. Je serre sa main et le prends dans mes bras. Je tente de le rassurer en lui disant que tout ça est terminé, qu'il va avoir un traitement pour que le risque cérébral soit canalisé. Nous sommes entre les meilleures mains, ça va aller. Je l'aime.

Il est le meilleur père et le meilleur mari au monde. Je remarque que Marc tient une feuille entre ses mains. Y sont écrits les prénoms de nos enfants, ceux de ses parents, la date d'aujourd'hui, le nom du président de la République et certains numéros de téléphone. Inquiet d'être de nouveau victime d'une perte de mémoire, Marc a demandé à David de lui écrire toutes ces informations pendant la nuit aux urgences. Dans les jours qui suivent, il répète à plusieurs occasions que ce qu'il redoute le plus, c'est de perdre la tête. Si une telle chose arrivait, il ne le supporterait pas. Je refuse de deviner ce qu'il me demande là, mais je ne peux maintenir le message à distance : si un jour son état ne lui permet pas d'être lucide, alors je devrai trouver une solution pour abréger ses souffrances.

Après cet épisode épileptique, Marc est de nouveau hospitalisé. Il est seul dans une chambre immense. À chaque visite d'un interne, il se refuse à poser des questions sur son état. Il ne montre aucune curiosité à connaître le nombre ou la taille des métastases cérébrales. Il ne demande aucun détail, aucune explication, aucun pronostic. Comme à son habitude, il veut en savoir le moins possible et tient les médecins à distance. C'est donc à moi que le radiothérapeute explique le traitement, et c'est moi qui pose les questions. J'apprends que les métastases sont nombreuses, qu'on peut en traiter les symptômes par des médicaments et de la radiothérapie, mais qu'on n'effacera jamais les lésions existantes. Bref, la maladie progresse encore plus vite qu'on ne le pensait. Son cancer est d'une agressivité redoutable, me dit-on. Je comprends à demi-mot que l'immunothérapie ne fonctionne pas davantage que les deux précédents traitements de chimiothérapie.

Pendant les quinze jours que dure cette hospitalisation, l'état de Marc se dégrade nettement. Il s'alimente très peu et perd beaucoup de poids. Je m'en rends compte en lui faisant sa toilette. Il souffre trop et ne peut pas prendre sa douche. Je mouille un gant de toilette avec de l'eau chaude et y verse du savon rapporté de la maison. Je frotte une à une toutes les parties de son corps, pas trop fort pour ne pas le faire souffrir. Il est d'abord allongé pour que je puisse m'atteler au nettoyage du côté pile. Puis il se relève douloureusement, balance ses jambes à droite du lit pour s'asseoir au bord. Je passe de l'autre côté du lit pour lui laver le dos. Je commence par la clavicule. Ce sont les os de ses clavicules qui m'alertent. Il a la peau sur les os. Je ne m'en étais pas rendu compte jusqu'à présent. Pour la première fois, je suis choquée par le changement des formes de son corps. Je ne dis rien et termine sa toilette en silence.

Marc n'est plus en état d'aller chez le coiffeur. Ses cheveux ont poussé alors qu'ils auraient dû tomber. Il n'a pas davantage la force de se raser. Peu importe. Pour qui ? Pour quoi ? Je le trouve toujours aussi beau et séduisant. Le cancer n'a pas d'incidence sur mon admiration. Il ne s'habille qu'avec des vêtements dans lesquels il se sent à l'aise : des bas de joggings, des polos ou des t-shirts. Ses ongles sont longs et il me demande de les lui couper, comme je le faisais au début de notre relation. Je sors mon gros coupe-ongles bleu électrique et m'y attelle, assise sur le bord de son lit, allant de droite à gauche. Son élocution, de même que sa voix, se modifie. Au départ, c'est si peu perceptible que je ressens le besoin d'interroger les infirmières et notre entourage pour m'en assurer. Mais petit à petit, il est manifeste que sa voix devient plus aiguë, plus haut perchée. Marc peine à articuler certains mots et il est parfois difficile de le comprendre. Ça dépend des jours, des heures de la journée, mais c'est de plus en plus évident. Je l'observe appeler des clients et je m'en inquiète, car il est très soucieux de ne rien laisser transparaître : « *Chéri, tu sens que tu parles un peu différemment de d'habitude ? Tu dois être fatigué mais fais attention quand même quand tu passes des coups de fil. — Oui, oui, ne t'inquiète pas, je fais toujours très attention quand je téléphone à mes clients* », me répond-il, avec cette voix un peu fluette qui m'inquiète. Je questionne les médecins qui me répondent que les métastases cérébrales en sont certainement la cause.

Chaque jour, je passe auprès de lui autant de temps que possible. J'arrive généralement à l'hôpital en début de matinée et n'en repars que vers 18 heures pour prendre le relais de notre nounou. Je sors de la chambre lorsque je dois passer des coups de fil professionnels ou quand une amie m'appelle. La maladie de Marc est toujours tenue secrète et j'ai constamment peur d'être trahie par un bruit d'hôpital. Je mens souvent sur mon emploi du temps. À force de précautions et de mensonges, je parviens à faire en sorte que même mes copines les plus proches ne se doutent de rien.

Lorsque l'état d'un patient se dégrade, cela ne se fait pas de façon continue et linéaire. Les journées passent et ne se ressemblent pas. Parfois, c'est terrible ; mais à d'autres moments il m'arrive de retrouver le Marc d'avant. Quelques jours avant Noël, on décide de chercher ensemble sur internet nos cadeaux respectifs. De sa chambre d'hôpital, Marc choisit un jogging violet : il dit qu'il n'a ni envie ni besoin d'autre chose, et que ça lui ferait plaisir. Soit ! Nous choisissons pour moi une jolie blouse en soie à capuche avec un imprimé très coloré. Comme pour tout, j'ai besoin de son consentement, incapable de choisir sans lui. Ce sera son dernier cadeau.

Marc est toujours aussi courageux et déterminé. Il continue de travailler depuis l'hôpital, passe quelques coups de fil, rédige des mails, envoie des factures. Il a commandé une tablette afin de pouvoir travailler à l'hôpital sans utiliser son ordinateur portable. Un matin, il me dit fièrement : «*Je suis content, j'ai facturé 25 000 euros ce mois-ci. Je viens de shooter des factures, ça fait un bien fou!*» Je le trouve lunaire. Je suis impressionnée par mon mari qui jamais ne se laisse abattre. À cet instant précis, je me dis que son courage, sa lucidité et sa force doivent m'inspirer. Je sens aussi que cette année m'a déjà fait mûrir, qu'elle m'a donné «de l'épaisseur», comme dirait ma mère. Ces épreuves m'ont aidée à développer une meilleure connaissance de moi-même, à mieux contrôler mes émotions. Et cette force, Marc me la transmet de son vivant. Son attitude combative me donne de l'espoir ; elle efface ma rage, mon sentiment d'injustice. Elle m'aide à accepter, à être optimiste même parfois. Je veux apprendre à être heureuse malgré le drame, parce que mes enfants ne seront pas bien si je ne le suis pas moi-même. J'y arriverai, pour Marc et pour nos enfants.

Les jours où Marc va beaucoup moins bien me sont insupportables. Il est fatigué, irrité ou las. Comment ne pas l'être ? Le temps passe lentement. Il est fatigant pour moi de rester toute la journée à l'hôpital, mais ma présence à ses côtés délimite chaque journée et repousse les moments de solitude. Lorsque je suis près de lui, il n'est pas livré à lui-même, il n'est pas seul dans sa chambre, au milieu de ces machines, dans le va-et-vient continu des infirmières. Il redoute le roulement du soir, la routine de la nuit, les réveils brutaux des infirmières qui allument les lumières vives de sa chambre pour changer ses perfusions ou lui faire une prise de sang alors qu'il est encore endormi.

Mais le jour, je manque parfois de conversation, je me dis que je n'ai pas toujours les mots adaptés, je ne sais pas s'il attend davantage de moi, si je suis assez à son écoute, s'il m'en veut. Il m'arrive d'être soulagée de partir, de quitter l'environnement délétère d'oncologie digestive. Aujourd'hui, je ris jaune quand je me revois trouver le temps long. Je donnerais n'importer quoi pour grappiller ne serait-ce que cinq minutes de ces journées, assise dans mon fauteuil inconfortable, pour pouvoir être auprès de Marc, le toucher, le sentir, lui parler, l'embrasser, le serrer dans mes bras, avec une force que je ne peux même pas imaginer. Les minutes seraient aussi rapides que des secondes. Je mettrais toute l'intensité du monde dans ce temps offert et si précieux.

Marc quitte l'hôpital le 25 décembre. Le 28 décembre, il commence la radiothérapie. Ce traitement est très invasif et peut avoir des conséquences au niveau cognitif. Initialement, le traitement devait être fractionné en dix séances ; Marc n'en fera que quatre.

En quittant l'hôpital, Marc avait à cœur de participer à l'anniversaire de notre fille, le 29 décembre. Nous décidons de l'organiser ensemble. L'objectif est simple : nous voulons le fêter aussi dignement que la situation est pourrie. Notre fille doit être heureuse le jour de son anniversaire, il n'en sera pas autrement ! Spectacle de marionnettes le matin, théâtre de marionnettes dont elle rêve en guise de cadeau, puis on passe la journée entre filles : on va se faire les ongles, acheter un petit cadeau à Adam, des macarons au chocolat chez Pierre Hermé, et puis on va souffler ses bougies chez ma grand-mère puisqu'elles sont nées le même jour, à 89 ans d'écart.

Marc et moi avons réussi à organiser un anniversaire joyeux, et c'est une grande satisfaction. D'autant plus grande que, depuis sa sortie de l'hôpital, Marc souffre le martyre. Il ne se nourrit plus. Je ne me sens plus capable de le garder à la maison, et je pense qu'il a besoin d'être dans un milieu médicalisé. Je redoute surtout les vacances des médecins, et le réveillon du Nouvel An où, en cas d'urgence, je ne pourrai joindre personne. Je parle de mes craintes à Marc, qui refuse de retourner à l'hôpital. Je vois bien qu'il est fâché, qu'il m'en veut. Il dit qu'il souhaite rester à la maison, que ça va aller. Mais devant la détérioration continue, je me résous à rappeler le Professeur. Marc retourne donc à Pompidou le 31 décembre, très contrarié.

Lors de sa nouvelle admission à l'hôpital, l'état de santé de Marc est très inquiétant. Après une longue attente dans la salle des familles où le Professeur et les médecins viennent l'examiner, Marc est installé dans une chambre – petite cette fois.

Là, son état empire jour après jour. Son taux de calcium est particulièrement élevé, ce qui le rend hagard et désorienté. Il n'est plus lui-même, il m'effraie. La plupart du temps, il ne parle pas. Il regarde dans le vide, ou fixe la télévision si elle est allumée. Il ne parle que lorsqu'il veut demander quelque chose, et malheureusement ses paroles sont rarement compréhensibles. Il se lève brutalement pour aller aux toilettes. Je l'accompagne en faisant rouler le bras à perf pour éviter qu'il ne s'emmêle dans les fils. Je me demande comment il fait lorsque je ne suis pas là, la nuit, quand il a envie de pisser et qu'il n'a pas le réflexe d'appeler pour qu'on vienne l'aider. Je ne sais pas s'il a conscience de quoi que ce soit. Je ne sais pas quoi lui dire. Je ne suis plus en mesure de le rassurer. Nous ne pouvons même plus communiquer. Je ne le comprends plus. C'est la première fois que ça m'arrive et c'est insupportable. Je vois la maladie le ronger et je suis impuissante. Je vais à l'hôpital la boule au ventre, angoissée de rester seule avec lui. Chaque fois que j'ouvre la porte de sa chambre, je retiens mon souffle et me demande s'il est encore vivant.

La seule chose que Marc réussit à exprimer clairement, c'est qu'il ne veut pas « crever à l'hôpital ». Il veut mourir à la maison, avec sa femme et ses enfants, dans un environnement familier et rassurant. Il en avait déjà parlé au Professeur le 2 novembre. Je ne pourrai plus jamais me regarder dans une glace si je ne respecte pas sa volonté, alors je demande si on peut faire ainsi. Les médecins donnent leur accord et mon beau-frère m'aide à mettre en place une hospitalisation à domicile.

Dès que Marc apprend qu'il va rentrer à la maison, il retrouve de l'énergie – aidé par les médicaments qui font redescendre son taux de calcium. Il redevient lui-même, recommence à parler, retrouve ses esprits. Je ne suis pas pour autant rassurée, mais ce changement d'état me fait du bien. Je retrouve mon mari, je le comprends à nouveau.

Marc décide alors que le moment est venu d'appeler ses amis d'enfance pour leur dire au revoir. C'était d'ailleurs son souhait depuis le début. Il m'avait toujours dit que, le moment venu, il les appellerait pour tout leur raconter.

« Ce soir à partir de 21 heures, tu pourras le dire à tes amies, j'aurai prévenu les miens. »

Quelques heures plus tard, les messages de ses amis d'enfance affluent sur mon portable. Ils sont dévastés d'entendre l'annonce de Marc, leur frère de cœur. Ils ne veulent et ne peuvent y croire. Ils ne se sont pas vus depuis des mois, pour la plupart depuis plus d'un an, à cause du confinement et de l'état de Marc, qu'ils n'auraient jamais imaginé aussi préoccupant. Ils se manifestent tous sans exception, se mobilisent, créent des groupes WhatsApp, demandent s'ils peuvent venir le voir. Ils sont comme une famille.

L'omerta est en revanche toujours exigée s'agissant de son entourage professionnel.

C'est donc à mon tour de prévenir quelques amies. Elles tombent des nues : « Comment as-tu pu garder ça pour toi durant tous ces mois ? Comment as-tu réussi à sourire, nous écouter, écouter nos complaintes et y répondre sans rien dire ? »

Toutes sont désolées de n'avoir pas été là pour m'entourer ces derniers mois. L'une d'entre elles me racontera plus tard avoir été désemparée après être venue me voir, ne pas savoir quoi faire pour m'être d'une quelconque utilité. Alors elle a passé une commande énorme de « faux » en tous genres : chaussures, sacs et autres, pour pouvoir me faire un petit cadeau chaque jour.

J'ai rarement été aussi gâtée que pendant cette période et celle qui suivit le décès de Marc. Mes copines viennent à la maison les mains chargées de bouffe, de cadeaux pour les enfants ou pour moi. Elles nous abreuvent de leur amitié et de leur générosité.

Depuis son lit d'hôpital, Marc demande aussi à voir Delphine, notre rabbine. Delphine a toujours été proche de notre famille. C'est une amie intime de ma sœur et son mari. Et Marc la connaît pour l'avoir déjà conseillée en tant qu'avocat.

Dès le lendemain, Delphine est au chevet de Marc. David, mon père et moi sommes présents. L'élocution de Marc est parfois difficile, mais il parvient à se faire comprendre : il explique à Delphine son rapport au judaïsme, lui dit qu'il se sent « juif par ses enfants », qu'il a été très proche de sa « grand-mère juive », et que, depuis sa septicémie, il tient à ce que nous fassions le Kiddoush tous les vendredis soir à la maison. Il exprime aussi son souhait d'être enterré dans la tradition juive et lui demande d'officier pour son enterrement. Son humour cinglant resurgit un instant : « T'as intérêt à envoyer du pâté ! Tu ne me fais pas un discours de merde comme t'as fait pour Simone Veil. » Nous passons des larmes au rire.

Le 6 janvier au matin, je viens chercher Marc à l'hôpital pour le ramener à la maison. Il me semble en forme et je me dis une fois de plus qu'il va se remettre, qu'il va renaître de ses cendres, que c'est un roc. Être l'épouse d'un patient atteint d'une maladie mortelle, c'est accepter que l'humeur oscille en permanence entre le désespoir le plus complet et la folle espérance d'un dénouement miraculeux. Cette versatilité constante est, je crois, la condition nécessaire pour conserver sa santé mentale.

Mais ce matin, en l'aidant à douloureusement enfiler ses vêtements, il m'est impossible de résister à la violence du réel. Marc me raconte que la nuit a été très difficile. Plusieurs fois, il s'est senti partir. Puisque c'était le jour des 80 ans de sa mère, il a refusé de mourir. Il a décidé de résister et s'est forcé, en pleine nuit, à se lever à de très nombreuses reprises pour aller aux toilettes.

Cette conversation me fait l'effet d'une gifle. Mais, ces dernières semaines, j'ai appris à contrôler mes émotions. Je sais désormais laisser aller mon cerveau à la rêverie, aux souvenirs mélancoliques et aux anticipations difficiles. J'essaie donc de ne pas montrer l'explosion de tristesse, de déception et d'effroi que ce récit provoque en moi, m'efforce de conserver mon visage enjoué et de communiquer à mon mari ma bonne humeur, ma joie de le voir revenir à la maison. Maîtriser ses pensées et ses émotions est un exercice difficile, pour lequel ma psy, Marie-Christine, m'a beaucoup aidée. Par exemple, pour ne pas laisser mes pensées divaguer, j'ai appris à focaliser mon attention sur des bêtises : je joue au Scrabble sur mon téléphone, je lis pendant mes insomnies pour fatiguer mes yeux, ou j'essaie de m'endormir en m'abrutissant devant une émission de télévision débile. C'est paradoxal, mais j'ai appris que la concentration peut servir à ne pas penser...

Ce matin-là, ma réaction devant son annonce aussi tranchante m'étonne. Comment puis-je rester sans aucune émotion apparente, sans larmes ni sanglots dans la voix alors que la situation est irréversible ? Mon comportement m'effraie. J'ai peur d'être dans le déni et de sombrer. J'appelle Marie-Christine pour lui parler de ma « bizarrerie ». Je lui demande si c'est normal, si je risque de me réveiller en grande souffrance dans quelques semaines en réalisant ce que j'ai refoulé. Elle me répond que je suis au contraire dans le dur, dans le concret, loin du déni, et que je suis simplement en mode « pilote automatique ». Dans cette période douloureuse, tel un robot, j'avance, je soutiens Marc, je tiens pour Ethel et Adam.

Juste avant de quitter l'hôpital, Marc demande à parler à l'oncologue. Il veut lui poser une question. Le Professeur vient dans sa chambre après quelques minutes. Comme souvent, il est accompagné du Docteur B., d'une infirmière et d'une interne. Marc et moi sommes assis sur le petit rebord de la fenêtre, qui forme une sorte de banc. Le Professeur s'assied au pied du lit, tandis que ses collègues restent debout près de lui. Le Professeur croise les jambes en attendant que Marc l'interroge. Je lis l'inquiétude sur son visage, et je me dis qu'il faut bien du courage pour exercer un tel métier. Je sens l'intensité des regards qui s'échangent. J'ai l'impression que mon mari et son médecin retiennent tous deux leur souffle. Je devine que Marc entend poser une question dont il redoute la réponse. Au bout d'une petite seconde (qui me parut tellement longue), Marc lève son regard vers le Professeur et lui demande simplement : « On arrête les traitements, n'est-ce pas ? »

Je vois qu'il espère de toutes ses forces que le Professeur lui répondra par la négative, lui parlera d'un nouveau traitement expérimental. Mais, avec pudeur, en baissant les yeux, le médecin opine.

Un silence s'empare de la pièce. Un silence de respect pour mon mari. Marc conserve toute sa réserve, mais je constate l'effet de cette réponse. Elle lui fait mal. Je me rapproche de lui et lui caresse le dos. Même s'il savait que ses chances de guérison étaient infimes, il s'efforçait d'y croire. Il sait à présent qu'il enfile le costume du condamné.

Quelques heures après le retour de Marc à notre domicile, Delphine me téléphone : elle souhaite revoir Marc rapidement. Je lui propose de venir à la maison le soir même. Elle nous explique alors avoir beaucoup repensé à son échange avec Marc et nous soumet une proposition : organiser une cérémonie pour confirmer le judaïsme de Marc.

La surprise est de taille : le judaïsme n'est pas une religion prosélyte et il est habituellement très long d'entreprendre une démarche de conversion. Je suis donc émue par l'ouverture et l'intelligence de cette rabbine. Marc est lui aussi très touché. Il semble heureux et saisit immédiatement l'opportunité qui lui est accordée. Malgré ses souffrances, il trouve encore la force de blaguer sur la circoncision – qui apparemment ne le tente pas trop.

Delphine fixe la date de la cérémonie au lendemain. Ma belle-sœur Cindy, enceinte jusqu'au cou, a la délicate attention, en toute hâte, de faire broder des kippot aux initiales de Marc. Marc est enveloppé d'un Talit que le père de Cindy lui offre. Il est assis à côté de sa mère, je l'observe lui manifester des gestes éloquents de tendresse.

Puis, la Thorah placée entre ses mains, posée sur ses épaules, Marc récite devant nous les premières phrases du *Shema*. L'émotion est perceptible : beaucoup de visages sont en larmes. Delphine dit ce que nous savions déjà si bien : « Marc est un enfant du judaïsme et aussi un père d'enfants juifs. Mais plus que tout, il est un *mentsch*, un homme digne, tout simplement. »

À la fin de la cérémonie, les enfants nous rejoignent. Ethel s'allonge aux pieds de son père et se colle à lui. Un câlin comme pour nous dire qu'elle perçoit l'intensité du moment que nous vivons. De son côté, Adam entraîne Delphine dans le couloir : il veut absolument lui montrer quelque chose. Il a enfilé des chaussures d'adulte et veut un témoin de sa capacité à marcher avec. Peut-être veut-il aussi montrer qu'en ce jour, il peut littéralement rentrer dans les chaussures de son père et marcher dans ses pas, car désormais un lien religieux officiel les relie.

Je ne sais pas si Marc a vu son fils marcher avec ses chaussures. Mais ce jour-là, j'ai vu son visage apaisé : être juif, être reconnu juif avant de mourir, a été un soulagement, l'affirmation d'un lien supplémentaire avec ses enfants.

Le retour de Marc à la maison était conditionné à la mise en place d'une hospitalisation à domicile. Avec l'aide de mon beau-frère et des services de santé, j'ai donc réaménagé totalement notre appartement. La contrainte était lourde : d'une part, il fallait bien sûr permettre le suivi médical de Marc, mais de l'autre, il fallait offrir à mon époux un environnement agréable dans lequel il ressente la chaleur du foyer qu'il avait fondé, et perturber le moins possible le cadre de vie des enfants. Nous avons ainsi aménagé un espace pour recevoir en permanence un infirmier, installé un lit médicalisé à côté du nôtre (il était impensable pour moi de ne pas dormir avec Marc, même si nous ne pouvions plus partager le même lit) et accueilli une petite forêt de pieds à perfusion et autres accessoires de déco. Le tout en préservant les pièces à vivre des enfants.

Bien évidemment, il me fallut aussi préparer psychologiquement Ethel et Adam à ces changements. Pour cela, je dus d'abord leur expliquer les conditions du retour de Marc. Je leur dis que papa avait demandé à rentrer à la maison mais que les docteurs n'avaient donné leur accord qu'à la condition qu'on déplace l'hôpital chez nous. Je pris le temps de leur présenter chaque infirmier, qu'ils adoptèrent très facilement; ensuite je les laissai jouer avec la télécommande du lit médicalisé. Enfin, je leur expliquai que leur quotidien allait changer un peu : qu'il y aurait du monde à la maison, des visites, et que, comme papa serait fatigué, il faudrait faire attention et ne pas faire trop de bruit, mais qu'ils pourraient venir le voir et passer du temps avec lui dès qu'ils le souhaiteraient, regarder la télévision sur notre lit, et retourner jouer dans leur chambre quand ils en auraient envie. Je leur dis aussi que je serais là pour eux et pour répondre à leurs questions. Je leur dis surtout que je les aimais, que leur père les aimait fort aussi et qu'il était heureux d'être bientôt près d'eux.

Dès son arrivée à la maison, Marc retrouve sa vivacité d'esprit, son humour et la clarté de ses idées.

Pendant six jours consécutifs, il se montre d'une incroyable lucidité. Je retrouve le *Marc d'avant*, celui qu'il était avant que la maladie ne l'accapare. Bref, il renaît. Tout comme mon espoir. Mais puis-je encore y croire ? Je me documente sur les miracles qui pourraient survenir, sur les cas de cancers guéris au stade terminal. Dans les statistiques, Lourdes revient souvent. Mais je me tourne vers la science : je téléphone au Docteur B. et lui décris la situation et mon étonnement. Je lui demande s'il n'y a vraiment rien à tenter, si cet état extraordinaire n'est pas surprenant quant à l'évolution de la maladie. « Hélas, non, chère Noémie. Le mieux-être est une bénédiction, certes, mais il n'est pas corrélé à son état de santé réel. Il ne faut pas espérer. Et malheureusement, la situation va forcément se dégrader. »

Du coup, je décide que mon mari ne doit supporter aucune contrainte : je ne le force plus à manger, ni à se laver. J'exige qu'on le laisse tranquille. Personne ne doit l'emmerder. Il profitera de ses derniers jours de vie en toute quiétude.

Marc demande d'abord à passer du temps avec les enfants. Il arrive sans effort à discuter avec eux et à blaguer. Le soir, Ethel et Adam viennent regarder un dessin animé dans notre chambre, près de leur père, même s'il dort, juste pour être avec lui. Les enfants semblent ravis de nous avoir tous les deux à la maison et ne paraissent nullement choqués par l'apparence de Marc, qui se dégrade pourtant de jour en jour.

Comme Marc se montre plus énergique, je m'autorise aussi à accepter quelques visites. Famille et amis se pressent à son chevet. Bien sûr, j'organise les visites de façon que Marc puisse en profiter sans trop se fatiguer : tout le monde veut le voir. Lui lance à chacun des « je t'aime ». Je ne l'avais jamais vu aussi démonstratif. Lui qui était autrefois si pudique, le voilà qui dispense à tout bout de champ des marques d'affection. Pendant ces six jours, il verbalise beaucoup ses sentiments et ne cache rien des détails de sa maladie.

Ses amis d'enfance, son « premier cercle » comme il dit, viennent deux jours de suite à la maison. Ils sont dix. *Fuck le covid!* Ils sont sa famille de cœur. Il les connaît tous depuis le lycée, voire la maternelle. Ils sont autour de lui dans le salon, venus de Clermont, d'Annecy, de Nîmes, de Londres ou d'ailleurs… J'assiste à leur rencontre et je regarde mon mari leur raconter son cancer et évoquer son destin. Je le trouve beau, en confiance, je le sens bien, heureux. Le deuxième jour, Marc souhaite offrir un cadeau à chacun d'eux. Je commande donc des porte-cartes gravés aux initiales des uns et des autres pour qu'il puisse les leur donner le lendemain. Ce deuxième jour, il veut avoir un petit moment d'intimité avec chacun. Ils font la queue pour lui dire au revoir, les yeux baignés de larmes.

Pendant cette période, et surtout après ma conversation avec les médecins, j'entends profiter moi aussi de mon mari. Le soir, une fois les enfants couchés, je me hisse près de lui dans son lit médicalisé. Le plus souvent, je m'assieds dans un petit coin à ses pieds, le dos collé au mur. Une des choses les plus difficiles de l'année qui vient de s'écouler a été l'absence de tendresse physique entre nous : son poignet, son PAC et son foie ont été les obstacles successifs qui m'ont empêchée de me recueillir au creux de son épaule, de me blottir dans ses bras, de glisser mes pieds froids entre les siens pour qu'il me les réchauffe avant de m'endormir. Assise près de lui sur le lit médicalisé, je peux enfin retrouver des bribes de notre intimité et de notre tendresse.

Nous regardons alors la télévision, « Des chiffres et des lettres », il fait les chiffres et moi les lettres. Des films aussi, et des séries. Je retrouve quelques fragments de notre vie d'avant. C'est un sentiment étrange. J'éprouve des sensations que je n'avais pas ressenties depuis des mois. Je me laisse volontiers envahir par cette nostalgie qui me fait du bien. J'ai l'impression, comme dans un feu d'artifice, de vivre le « final » d'une série dont je connais les personnages et le dénouement par cœur.

Un soir me reste en particulier en mémoire. Je me suis taillé une place dans son lit pour pouvoir m'allonger en cuiller tout contre lui. Sa journée l'a fatigué, mais il trouve la force et la tendresse de mettre sa main sur ma tête et de me caresser les cheveux. Je ferme les yeux. Je me concentre pour vivre pleinement ce moment. Je dois le garder en moi. Pour toujours.

Les huit jours suivants verront Marc décliner petit à petit, jusqu'à son dernier souffle.

Je suis contrainte d'annuler les visites prévues : il n'est pas suffisamment en forme pour les recevoir. Il quitte de moins en moins son lit médicalisé pour venir dans le salon. Les quelques rares visites se font dans la chambre.

Marc a mal. De plus en plus mal. Toujours plus mal. Il commence aussi à perdre ses cheveux. Par poignées. Il aurait dû les perdre beaucoup plus tôt, pendant les différents traitements de chimio. Mais finalement, ce sont les quatre dernières séances de radiothérapie qui ont raison de sa chevelure et qui, comme un gong, annoncent sa mort imminente.

J'ai de longues conversations téléphoniques avec Francis le soir, quand Marc dort. Nous sommes en plein hiver, il fait froid. Je m'isole dans le bureau de Marc pour parler tranquillement et je me colle à son radiateur pour me réchauffer. J'enchaîne les clopes en regardant par la fenêtre les voitures qui roulent sur la rue La Fayette. Comme toujours, la voix de Francis est calme, ses mots justes et pesés. Je ne sais comment il réussit cet exercice impossible : que dire à une jeune mère de trente-neuf ans qui est en train de perdre son mari ? Comment répondre à ses questions avec transparence et humanité ?

Les nuits sont très difficiles. Marc se réveille à de nombreuses reprises. Quand il se sent partir, comme lors de sa dernière nuit à l'hôpital, il se force à se lever pour aller pisser. Il appelle l'infirmier qui l'aide à se relever. Chaque mouvement est douloureux. J'entends alors mon mari gémir. Je lui dis que je suis là, que ça va aller, j'essaie de jauger l'intensité de sa douleur. Il se lève péniblement. L'infirmier veille à ce qu'il ne s'emmêle pas dans les fils de sa perfusion. Il l'escorte jusqu'aux toilettes, en le soutenant comme il peut. Il m'appelle parfois pour que je l'aide, quand il sent Marc trop faible.

Quand Marc se réveille, c'est pour lutter contre la mort. Je l'entends lui parler. Il cherche à la repousser. Il dit à la Mort que son heure n'est pas encore arrivée, qu'il ne la laissera pas l'emporter tant qu'il ne l'a pas décidé. Et il ne l'a pas encore décidé. Il lui dit qu'il attend l'anniversaire de notre fils.

Une nuit, Marc me parle d'une Ferrari. Je pense d'abord qu'il délire, puis je comprends qu'il réfléchit à organiser un tour en voiture pour l'anniversaire d'Adam. Dès le lendemain matin, j'en parle à ses amis, qui décident de tout organiser.

Le 17 janvier 2021, jour de l'anniversaire d'Adam, sera la dernière fois où Marc trouvera la force d'aller dans le salon. Nos familles sont présentes. Marc se lève pour le gâteau. Avant que l'on emmène Adam faire le tour en Ferrari, Marc sourit à son fils. C'est la surprise que papa a voulu lui offrir. Je descends en tenant Adam par la main. Il fait très froid en ce milieu du mois de janvier. Adam porte sa grosse doudoune à imprimé militaire et nous retrouvons les amis d'enfance de Marc, qui nous attendent à côté de la voiture. Je lève la tête et j'aperçois nos familles respectives qui filment à travers la fenêtre, pour pouvoir ensuite montrer la scène à Marc. Je présente Adam aux copains et nous prenons quelques photos ensemble devant la voiture, comme des touristes devant les voitures garées en double file sur les Champs-Élysées. Nous montons dans la voiture, Adam sur mes genoux. C'est parti ! Deux copains de Marc nous suivent en scooter avec une Go-Pro. Adam est surexcité, fier, heureux. Dès que la circulation se fait plus fluide, notre chauffeur accélère. Adam se marre pendant les accélérations, il crie « ça va swinguer ! », comme il le dit avec moi en voiture. Il fait coucou aux copains qui nous suivent, caméra à la main. Nous descendons le boulevard Magenta jusqu'à la place de la République, puis le boulevard des Filles du Calvaire jusqu'à la Bastille, où nous faisons demi-tour. Ensuite, nous allons visiter un garage où sont entreposées des voitures de collection. Adam monte sur les genoux du chauffeur qui pose ses deux petites mains sur le volant. Il est aux anges.

Sur le chemin du retour, je repense à la naissance d'Adam, à l'insouciance qui nous enveloppait trois ans plus tôt. Je repense aussi à la manière dont j'ai voulu apprendre ma grossesse à son père : une vraie annonce, à l'inverse de celle que je lui avais faite pour Ethel. Fin avril 2017, j'avais fait un test de grossesse chez nous. Le test était positif, j'étais ivre de joie. Le cabinet de Marc se trouvait alors à cinquante mètres. Je décidai de prétexter une connerie pour monter sans l'inquiéter.

« Je peux monter ? J'ai un truc à imprimer.

— Envoie-le moi par mail si tu veux, je te le rapporte ce soir.

— Non, non, je préfère le faire maintenant, tu sais comment je suis.

— Ok, à tout de suite. »

Je sonnai à la porte du cabinet, qu'une stagiaire m'ouvrit. J'entrai dans le bureau de Marc, tâchant d'avoir l'air normale. Je m'assis face à lui, comme si j'étais une cliente, de l'autre côté de son bureau.

« Ça va chéri ?

— Bah oui ça va, qu'est-ce qui t'arrive, on vient de se parler ? T'es chelou.

— Bon j'avoue, je suis nulle en annonce, je suis désolée. J'ai un truc à te dire. »

Ému, Marc leva les yeux au ciel avec autant de joie que de cynisme et me lança : « C'est quand même fou d'être incapable d'annoncer normalement une bonne nouvelle ! »

En ce dimanche 17 janvier, à mon retour à la maison, Marc m'appelle et me dit : « Je n'en peux plus. Je pense que ça ne durera pas longtemps. Je tiendrai peut-être jusqu'à dimanche prochain. » Silence. « Je devine qu'on m'enterrera le mardi 26. Le mardi, c'est un bon jour pour les obsèques. » Je n'arrive pas à articuler la moindre réponse.

Marc me dit qu'il ne veut pas d'avocats à son enterrement. Ça fait partie des instructions qu'il sème. Ne sachant que dire, je m'efforce de blaguer : « T'es quand même gonflé de me faire jouer deux rôles pour ton enterrement. Je ne peux pas être à la fois la jeune veuve et le videur ! »

Au lendemain de l'anniversaire d'Adam, le lundi matin, le kiné vient pour essayer de soulager ses jambes qui sont pleines d'eau, lourdes, et lui font mal. C'est une souffrance, Marc demande au kiné d'arrêter. Après la séance, il s'endort et ne se réveillera quasiment plus, jusqu'à sombrer dans le coma.

On attend la mort, patiemment. On la guette. Elle joue à une sorte de cache-cache cruel avec nous, mais elle ne peut plus nous surprendre. Nous savons qu'elle va arriver.

Marc avait décidé de s'accrocher jusqu'à l'anniversaire d'Adam et il a tenu. Puis il est tombé dans le coma.

Pendant deux jours, lundi et mardi, je reste auprès de lui dans notre chambre, sur notre lit, sans quasiment quitter la chambre. C'est là que je commence à écrire les premières pages de ce récit. Je sais que nous ne sommes plus ensemble que pour quelques heures, peut-être quelques jours.

On m'incite à anticiper le moment où la mort arrivera. Je réalise que je veux rester près de Marc et l'accompagner jusqu'au bout, mais que je ne veux pas le voir mort. Notre salle de bain se trouvant dans notre chambre, je décide d'en sortir mes affaires à l'avance, pour ne pas avoir à pénétrer dans la chambre une fois que Marc aura cessé de respirer. Par ailleurs, je ne veux pas que la mort plane dans notre appartement ni que nos enfants ressentent une atmosphère morbide : son corps devra partir de la maison le plus rapidement possible, quelques heures au plus tard après son décès.

Je réalise que je me prépare à ce qui va advenir, de la même manière que Marc se préparait avec son coach Makis. Il avait besoin de tout anticiper pour ne jamais être pris par surprise. Anticiper le pire et accueillir le meilleur comme une banalité, comme la norme.

Je suis prise d'une réflexion étrange. Je me dis que je vivrais bien différemment ce processus si Marc était mort brutalement, d'un accident ou d'un arrêt cardiaque. Si j'avais eu le choix, je crois que j'aurais malgré tout choisi la préparation, alors même qu'elle implique la souffrance de mon mari. Mais se demander si on préfère que son mari meure d'un cancer ou d'un accident de voiture… Au fond qu'est-ce que ça change ?

Je reste près de Marc mais je ne ressens pas beaucoup la nécessité de lui parler. Je lui parle quand je sors et quand je rentre dans la chambre ; je le rassure, je lui dis que je suis près de lui. Que je l'aime, qu'il ne s'inquiète pas, je suis là, je lui fais confiance, qu'il fait ce qu'il veut, qu'il peut partir quand il veut, c'est lui qui décide. Je sais qu'il sent ma présence et qu'il n'a pas besoin qu'on se parle. Je n'ai pas besoin de lui dire qu'il peut avoir confiance en moi, que je saurai m'occuper des enfants.

Mardi 19 janvier : Marc est de nouveau inconscient. J'appelle la psy de l'hôpital. Elle me suggère d'expliquer aux enfants que Marc ne va plus se réveiller parce qu'il est dans ce qu'on appelle le coma, que le coma est la conséquence de sa maladie, que je suis très triste mais aussi soulagée car il ne souffre plus.

Après cette seconde journée à écrire près de lui, je sors de notre chambre vers 17 heures, quand les enfants reviennent de l'école. Mon père et Francis arrivent aussi et viennent voir Marc quelques minutes dans la chambre.

J'attends que les enfants aient pris leur bain pour leur parler, comme me l'a conseillé la psy. J'explique le coma, le risque très vraisemblable que leur père ne se réveille plus jamais. Le petit corps d'Ethel tressaille. Je la rassure immédiatement : nous pouvons aller le voir, lui parler, lui dire qu'on l'aime, l'embrasser et pourquoi pas lui apporter un dessin. Je leur dis de patienter le temps que j'aille le voir. Je reviendrai les chercher.

J'entre dans la chambre et je comprends instantanément que Marc est mort.

Je débranche mon chargeur de portable, seule chose que j'ai laissée dans notre chambre, parce que je ne veux pas le revoir mort. Je ne veux pas garder cette image de lui dans mon esprit. Jamais. Je veux qu'il vive, qu'il rie, qu'il bouge dans ma tête et dans mon cœur. « Il y a des gens, comme Marc, qui ne meurent jamais. »

Marc est mort. Il est 17h30 et les enfants sont censés lui dire au revoir.

Je cours chercher mon père et Francis, qui constatent aussi le décès. Je suis paniquée. J'avais promis aux enfants qu'ils pourraient dire adieu à leur père. Je ne peux pas revenir sur mes promesses, on ne ment pas aux enfants. Je ne veux pas qu'ils puissent me reprocher de ne pas leur avoir permis de dire au revoir à leur père, je ne veux pas que cet événement déclenche des regrets ou des traumatismes en eux.

Alors que je voulais leur annoncer en deux temps d'abord le coma, puis la mort, je me retrouve court-circuitée par l'enchaînement des événements. Je ne sais que faire. Puis je décide tout de même de recourir au subterfuge de mon mari. Je veux laisser le temps aux enfants de digérer cette première information, celle du coma. De toute façon, il y a trop de monde à la maison : il n'est pas concevable de leur annoncer que leur père est mort sans que l'on soit seuls, au calme. Et l'heure du coucher est trop proche. Ce n'est définitivement pas le bon moment.

Alors j'éteins les lumières et dans la pénombre, je dis aux enfants qu'ils peuvent venir au pied du lit. Ils disent à leur père qu'ils l'aiment, embrassent la couette qui recouvre ses pieds. Ethel pose un dessin sur notre lit. Nous sortons de la chambre. Je suis soulagée qu'ils aient pu lui dire au revoir.

C'est la seule fois où j'ai menti aux enfants. Écrire cela me rassure, en pensant qu'ils liront ces lignes dans plusieurs années. J'espère qu'ils me pardonneront mon mensonge. Ma priorité, depuis les débuts de la maladie, aura été de les préserver mais aussi de ne jamais leur mentir, même par omission, d'employer les bons mots, d'avoir un comportement adapté, de paraître gaie devant eux malgré les circonstances. De tout faire pour qu'ils vivent ce drame dans le calme et la sérénité, en disant tout, pour ne rien laisser au hasard ni au fantasme. Du concret, « *tahlès* » comme on dit en yiddish.

Aussi, ce soir, je les couche en leur mentant, la mort dans l'âme.

Marc aura lutté quatorze jours à la maison, grâce au ballet d'infirmiers, de médecins et de médicaments. Grâce à son frère aussi, qui a tout orchestré.

Je m'interroge sur le moment précis où il est parti, entre le moment où je l'ai laissé et celui où je suis retournée dans notre chambre après avoir parlé aux enfants. Marc a-t-il choisi de mourir quand je n'étais pas là, alors que j'avais passé la journée auprès de lui, quasiment sans le quitter ? Quel pouvoir de résistance ont le corps et l'esprit ?

Je crois qu'on peut décider du moment où l'on meurt. Je suis convaincue que Marc a lutté jusqu'à l'anniversaire d'Adam, qu'il n'aurait pas pu tenir s'il ne l'avait pas férocement voulu.

Marc disait qu'il voulait que je sois là jusqu'au bout, près de lui quand il s'éteindrait. Je n'osais pas le contredire. Mais quelques jours avant sa mort, alors qu'il était pleinement conscient, je lui ai avoué que j'étais terrorisée par l'instant où ça arriverait. Il a finalement décidé de mourir pendant le seul moment où je n'étais pas là, probablement pour respecter ma peur.

Marc est mort. Nous sommes mardi soir, et mes plus proches sont autour de moi.

Mon frère Daniel et Delphine se relaient pour lire des téhilims près de Marc dans notre chambre. Je ne veux plus y rentrer. Je demande à mon père que les pompes funèbres ne viennent pas avant 22 heures pour ne pas prendre le risque de réveiller les enfants. Quand elles sonnent, je file sur la terrasse avec mes amies pour fumer des clopes, pour ne rien voir ni entendre. Nous y restons jusqu'à ce qu'on me prévienne de leur départ. Quand je quitte la terrasse, mon beau-frère David m'apprend que Marc m'a laissé un mois pour arrêter de fumer. Je vais arrêter, je le sais, je l'ai promis à Marc, mais un mois dans ce contexte, c'est quand même un peu raide…

Mes proches ouvrent grand les fenêtres de notre chambre et virent les médicaments et tout ce que je ne supporte plus d'avoir sous les yeux. Tout a été fait comme je l'avais demandé. Le corps de Marc est parti au funérarium.

Ma mère me propose de rester dormir avec moi. J'hésite. Je n'ai pas peur de dormir seule dans cette chambre qui est toujours emprunte du corps de Marc. Mais j'ai peur de l'annoncer aux enfants. Il y a peu de choses aussi difficiles que d'être le porte-parole d'un drame auprès de ses enfants. Rien de pire que de les voir souffrir, que de leur dire qu'ils ne verront plus jamais leur père, qu'ils grandiront sans lui. J'accepte la proposition de ma mère. Je lui prête un grand tee-shirt de Marc pour la nuit. Elle ne semble pas angoissée à l'idée de le porter, et je la trouve forte et courageuse.

Nous nous mettons au lit. Dormir avec ma mère, à presque quarante ans, dans le même lit. Dormir avec ma mère qui prend la place de mon mari qui vient de mourir. Nous échangeons quelques mots, je chuchote pour ne pas réveiller les enfants. Ma mère n'entend rien, elle me fait répéter chaque phrase. Nous éclatons de rire. Puis je l'entends s'endormir et ronfler. Je pense aux éternelles chamailleries entre mes parents, qui disent qu'ils ont mal dormi à cause des ronflements de l'autre. Ils ne me dérangent pas. Marc ronflait aussi. Et puis, ronflement ou pas, impossible de trouver le sommeil. Qui pourrait dormir paisiblement après avoir perdu l'homme de sa vie ?

Je mets le réveil pour être debout avant les enfants. Je veux fermer les portes de notre chambre, je ne veux pas qu'ils constatent l'absence de leur père avant de leur avoir parlé.

Mercredi matin. Il est tôt. Je me réveille embrumée et je vois ma mère à mes côtés. Vite, je me prépare. Je dois être prête avant les enfants.

Adam se réveille. On prend le petit-déj. Puis j'entends Ethel qui se lève à son tour. Je vais la voir dans sa chambre. Elle me demande tout de suite si l'infirmier est là. Je ne peux pas mentir ; je ne veux pas mentir. Même si c'est violent et que nous sommes dans son sas de réveil, je décide que c'est le moment. J'appelle Adam et lui demande de venir. Il est temps de parler à mes enfants.

Je leur explique que j'ai quelque chose de très triste à leur dire. Le cœur de leur père s'est arrêté de battre, il a cessé de respirer, il est mort.

Adam ne réagit pas. Il écoute. Ma mère le regarde avec tendresse et bienveillance. Sans doute aussi avec un peu d'angoisse. Le corps d'Ethel est parcouru par le même violent frisson que la veille, à l'annonce du coma de son père. Elle tremble en silence. Je sens sa souffrance et je mords ma lèvre pour ne pas pleurer trop tôt. Pas avant elle.

Je leur redis que Marc est leur père, qu'il le restera toujours et qu'il vivra dans nos cœurs en permanence. Je leur dis que je suis persuadée que Marc nous voit et nous entend ; qu'on peut lui parler régulièrement, individuellement ou tous ensemble, qu'on va sans cesse parler de lui, raconter des souvenirs, regarder des photos et des vidéos, et qu'il sera avec nous, parmi nous, autour de nous. Je leur dis qu'on a le droit d'être triste, en colère, de pleurer. Je leur dis qu'il va nous manquer, mais qu'on a aussi le droit de rire et d'avoir des sentiments contradictoires.

Je leur propose de créer une boîte ensemble, la « boîte de papa », et de faire une cérémonie tous les trois pour lui dire au revoir.

Je leur parle avec beaucoup d'émotion. Et je pleure. Mais je sais que ça n'est pas grave qu'ils me voient pleurer. Je leur dis que leur père était heureux et que je lui ai fait une promesse : celle qu'on sera toujours heureux tous les trois.

Cette promesse, ce matin, je la fais aussi à mes enfants.

Nous sommes mercredi. Les enfants n'ont pas école.

Je déclare qu'aujourd'hui ils ont tous les droits. Le droit de regarder la télévision, d'annuler le rendez-vous chez le coiffeur, de ne pas faire la sieste, de manger ce qu'ils veulent. Aujourd'hui c'est très difficile, alors ils méritent tout le réconfort du monde.

Ma mère rentre chez elle un peu plus tard dans la matinée. Mon père m'appelle et m'annonce que le souhait de Marc de construire un caveau familial pour quatre personnes ne permet pas de l'enterrer avant le mardi suivant. C'est long. Ce n'est pas l'habitude des juifs, qui enterrent très rapidement.

Les jours qui suivent sont un défilé de proches venant me soutenir et m'apporter réconfort et affection. Une avalanche de messages bienveillants, pleins d'amour, parfois maladroits, de personnes plus ou moins intimes. Je m'efforce de répondre à chaque message le jour même. Je ne peux pas me coucher sans avoir répondu et être « à jour » des messages de la journée.

Écrire à une personne en deuil, c'est un peu comme quand est bourré : ça amplifie les traits de caractère. Quelqu'un de lourd sera très lourd, et quelqu'un de délicat, de sensible, va voir ses qualités mises en avant par son écriture. C'est une loupe, et ce n'est pas toujours joli à voir !

Je classe mes messages en trois catégories :

Les mots « bateaux », « classiques ». Ceux dont la réponse me prend finalement peu de temps. Ils débutent généralement par « les mots ne servent à rien » ou « les mots sont peu de chose », et finissent par « si tu as besoin de quoi que ce soit ». J'ai moi-même très souvent employé ce genre de formules toutes faites. Quand je voulais faire plus personnel, je décrochais mon téléphone pour solliciter l'aide de mon père ou de ma brillante sœur journaliste. Je sais à quel point il est difficile d'écrire à un endeuillé dans de telles circonstances. Quoi dire ? On est tous impuissants face à la mort. On sait bien que les mots ne peuvent soulager ni apaiser une telle souffrance. Mais il faut le faire malgré tout. Montrer sa présence, son soutien indéfectible, sa compassion, son empathie. Quand on est dans la position d'endeuillé, les mots banals sont si nombreux qu'ils ne touchent pas. Bien sûr, on est sensible à la manifestation des gens. Et tout dépend aussi de qui ces mots viennent : s'il s'agit d'une personne dont on n'attendait rien, alors même le mot le plus banal trouve son importance.

La deuxième catégorie compile les messages « particulièrement touchants ». Je reçois quelques mots poignants. Des mots qui décrivent si justement Marc. Des mots qui résonnent en moi tant ils sont forts et réchauffent par leur solidarité. Des mots qui laissent transparaître un vécu, une expérience similaire, une souffrance connue.... Des mots simples et directs mais si bien choisis qu'ils n'ont pas besoin d'être nombreux. Je veux répondre de mon mieux, avec tout mon cœur, à ceux dont je ressens l'amitié et la sincérité. Mon obsession de reconnaissance.

La troisième catégorie est peut-être celle que je préfère. J'envisage d'ailleurs de rédiger un petit guide pratique des bévues à ne pas commettre et des réactions à éviter. Je m'amuse à répéter ces maladresses à qui veut les entendre, sans citer leurs auteurs bien sûr. « Veuve... à ton âge... avec des enfants si jeunes... ». J'ai envie de répondre : « Mec, *what the fuck*, qu'est-ce qui te passe par la tête pour m'écrire un truc pareil ?! T'es sûr que tu t'es relu, vieux ?? » Au téléphone avec une amie de mes parents, dépressive : « Ohlalalala ma boubidou, t'as vraiment pas de chance, ohlalalalaaa. » Une consœur agent immobilier, snob comme un pot de chambre, me hurle en boucle : « Oh mais c'est horrible ! Et vous avez des enfants, quel âge ont-ils ? Oh mais c'est horrible ! C'est horriiible. » J'ai envie d'éclater de rire au bout du fil, mais je me retiens. Je m'en veux après coup parce que je n'ai pas la répartie nécessaire, celle qu'avait Marc si naturellement, pour répondre un truc incisif et piquant. Je cherche encore la réponse parfaite à apporter à un copain de Marc totalement autocentré : « Bonjour Noémie, sache que je pense à toi et aux enfants tous les jours, comme je te l'ai déjà dit, je fais mon deuil. Lentement, douloureusement. Je pense à Marco tout le temps. Ma tristesse est encore trop vive, je sais que j'arriverai avec le temps à gérer cette émotion, ce manque, pour l'instant c'est compliqué alors je n'ose imaginer pour toi... » Putain ! Fallait l'écrire celui-là !

Je suis fascinée par la gêne de l'être humain vis-à-vis de la mort, sidérée par le comportement de certains face au deuil. Mais dans l'avalanche de messages de condoléances, je dois dire que je guette la prochaine boulette, le prochain mot grotesque ou maladroit, pour pouvoir en rire.

Car je dois en rire, sinon j'aurai envie de me jeter par la fenêtre. J'ai décidé de voir la mort avec dérision. Je refuse qu'on me considère avec peine ou pitié, alors j'anticipe la réaction des gens. Je fais des blagues sur ma situation de veuve, sur la place énorme que j'ai désormais dans mon dressing ou ma perte de poids spectaculaire, ce que certains trouvent sans doute de mauvais goût ou inappropriées. Mais elles me font rire. Dans un cas comme le mien, je considère que tout est permis.

En attendant l'enterrement, il y a beaucoup de monde à la maison, en permanence et malgré le covid. Je sens que c'est trop pour les enfants. Je décide de m'organiser pour être seule et disponible dès leur retour de l'école à 17 heures et jusqu'à l'arrivée des « invités ».

Pendant cette semaine, je suis prise entre deux sentiments : le soulagement de ne plus savoir Marc malade ni en souffrance et le manque qui pèse sur mes épaules et dans mon bide. Je pense constamment à Marc. Les images de lui que j'ai à l'esprit sont celles de ces dernières semaines, des images qui ne lui ressemblent pas. J'ai du mal à me les sortir de la tête.

Un soir, je raconte à ma cousine Flora, à Daniel et Keren que Marc et moi prenions des cours de chant, une fois par semaine, avant d'aller se faire un gueuleton. Comme j'avais eu la bonne idée de filmer presque chacun de nos cours, nous regardons ensemble ces vidéos. Elles me font sourire et rire. Elles effacent les représentations de Marc malade qui me hantent. Je le revois vivant, tel qu'il était quand je suis tombée amoureuse de lui. Le revers de la médaille, c'est que ces films intensifient le manque, la frustration de ne plus l'avoir près de moi, et mon immense tristesse.

Bientôt l'enterrement aura lieu. J'explique aux enfants que la cérémonie des adultes se déroulera sans eux, mais que nous ferons la nôtre entre nous, après.

Le 25 janvier, la veille de l'enterrement, Cindy, ma belle-sœur, accouche prématurément de Noa. On dit chez les juifs qu'une âme part quand une autre vient au monde.

Mardi 26 janvier. Le jour de l'enterrement. Celui que Marc avait évoqué, comme dans une prémonition, après l'anniversaire d'Adam.

Nous allons d'abord au funérarium des Batignolles. C'est aussi réel que surréaliste. Ma mère me dit qu'elle a l'impression que quelque chose bouge à l'intérieur du cercueil ! Un ange passe…

Je vois le cercueil ouvert, Marc enveloppé dans son Talit.

Pour moi il n'est pas dans cette boîte, il n'est pas immobile, figé, mort. Il flotte au-dessus de nous, il se marre, il boit des bières. Il n'est pas là, pas plus qu'il ne sera dans le caveau qu'il a choisi. Marc est trop vivant pour mourir.

Je monte dans le corbillard avec mon père.

La cérémonie est belle et comme il l'aurait souhaitée. Elle est filmée pour laisser une trace à Ethel et Adam qui pourront la regarder si et quand ils le voudront.

Au cimetière, il y a beaucoup de monde malgré les restrictions sanitaires, probablement près de 200. Je sais que Marc aurait été partagé entre détester que les projecteurs soient braqués sur lui et adorer que les gens disent combien il était génial.

Comme Marc le lui avait demandé, Delphine prononce un discours. Je ne sais pas si Marc aurait trouvé qu'elle « envoie du pâté », mais ses propos m'émeuvent beaucoup. Elle fait notamment référence au prénom hébraïque de mon mari, celui qu'il avait choisi lors de sa conversion quelques jours auparavant. C'est aussi son deuxième prénom civil, celui que son grand-père paternel portait : Joseph.

« En ouvrant la Thorah hier pour y lire la parasha de la semaine, l'extrait de la Thorah que les Juifs du monde entier lisent cette semaine, j'ai souri. La parasha Beshalach raconte le moment où les Hébreux sortent d'Égypte et se mettent en route. Ils vont traverser la mer qui s'ouvre devant eux. L'extrait commence précisément avec ces mots :

"Vayikah' moshe et atzmot yossef imo
Ki ashbea ishbiya et ben israel leemor :
Pakod yifkod elohim eth'em ve aalitem et atzmotai mize ith'em."
"Moïse emporta avec lui les ossements de Joseph.
Parce qu'il l'avait fait promettre aux Hébreux en leur disant : quand vous vous mettrez en route, à l'avenir, n'oubliez pas de m'emporter avec vous là où vous irez."

Cette semaine dans la Thorah, Marc, on dit cela : Joseph est mort mais partout où nous irons, chaque fois que nous nous mettrons en route à l'avenir vers des espoirs et des terres promises, il partira avec nous, et nous lui promettons de l'emporter partout où nos pas nous guideront.

Et c'est cette promesse solennelle que nous te faisons aujourd'hui : nous porterons ta mémoire, et ta force de vie, et ta force de rire, partout où la vie nous mènera, et nous nous assurerons que cette force et ton souvenir accompagnent tes enfants à travers toutes les mers qui s'ouvriront devant eux.

Et compte sur moi pour leur faire, si Dieu m'y autorise, de très nombreux discours, pas trop merdiques j'espère, à chaque fois que le bonheur sera au rendez-vous. »

David prend ensuite la parole, suivi par les copains d'enfance de mon mari en trio. Puis c'est moi qui parle. J'imagine que Marc l'aurait souhaité. J'ai essayé de faire un joyeux portrait de lui.

« *Mon Amour,*

En regardant le visage triste et abasourdi des personnes présentes aujourd'hui, je t'entends leur dire, une bière à la main : "Mais c'est quoi cette gueule d'enterrement ?! Allez marrez-vous un peu, putain !" »

Je réussis à lire mon discours sans que l'émotion ne me trahisse trop. Je ne regarde pas les gens qui sont là. Je suis concentrée sur mon texte et sur Marc, que je tâche de faire revivre avec mes mots.

« *Nous faisions tout ensemble. Tu étais ma référence, mon maître-étalon, mon conseiller, mon confident, ma meilleure copine, mon amour. J'étais bien incapable de prendre la moindre décision sans recueillir ton avis.* »

« Ton plaisir était de me faire plaisir, ton challenge que je ne change jamais tes cadeaux, et tu répondais toujours avec entrain à mes demandes, même les plus loufoques… Je te revois encore pendant le confinement, en train de me faire ma teinture de cils sur notre lit… »

Nous nous dirigeons ensuite vers le caveau.

Je n'aime pas que soit inscrit sur la tombe de Marc « 1977-2021 ». Pour moi, c'est 2020 l'année de la mort. Les 19 jours de 2021, c'était son sursis, le « temps sacré » grâce auquel il a pu dire au revoir à sa famille et ses amis et assister à l'anniversaire d'Adam. C'est un peu comme si je voulais cantonner notre drame à l'année 2020, qu'il ne touche pas l'année suivante.

Vient le moment du *kaddish*.

Depuis que je suis petite, mon père n'a jamais cessé de répéter qu'on ne doit jamais dire le *kaddish* si on n'est pas en deuil. Les mots du *kaddish*, que je connais pourtant par cœur, n'étaient encore jamais sortis de ma bouche, jusque-là.

Delphine déchire ensuite mon tee-shirt, comme le veut la tradition juive.

Je vais ensuite saluer et remercier les personnes présentes. Marc aurait voulu que je le fasse : montrer sa reconnaissance était une valeur aussi importante pour lui que pour moi. Je vois Makis, son coach, et de très nombreuses personnes. Je n'arrive pas à reconnaître tout le monde, à cause des masques et des bonnets, et je dois même demander à des amis proches de se présenter. Je ne parviens malheureusement pas à parler à tous.

Il fait un froid glacial ce matin-là.

Après la cérémonie, un déjeuner est prévu dans notre appartement avec nos familles et nos plus proches amis.

En arrivant à la maison, je suis prise d'une envie irrépressible de pâtes au beurre. Je demande donc à mes amies de m'en cuire. La bouche pleine, je leur lance fièrement : « Vous en connaissez beaucoup, des veuves qui se tapent une telle assiette de pâtes juste après avoir enterré leur mari ? »

Samedi 30 janvier, quelques jours après l'enterrement, j'organise la cérémonie d'au revoir avec les enfants. Je veux qu'elle soit joyeuse. Je dis à Ethel et Adam qu'ils peuvent s'adresser à leur père et lui dire ce qu'ils veulent.

Nous confectionnons alors la « Boîte de Papa » pour y mettre des souvenirs. Elle est de la taille d'une grande boîte à chaussures, bleu roi, très élégante. Nous y mettons beaucoup de photos. Les enfants en choisissent une à coller sur le couvercle : une photo de Marc en tablier, en train de cuisiner dans notre appartement rue de Turbigo. Il est beau, il sourit. Nous mettons aussi dans la boîte quelques objets appartenant à Marc : les bracelets qu'il portait à son poignet, le marque-page gravé « Papa, tu es notre roi » que les enfants lui avaient offert pour la fête des pères, les quatre coins du Talit dans lequel il a été enterré, et des dessins.

J'informe alors Ethel et Adam que Marc leur a écrit une lettre avant de mourir ; je ne veux pas qu'ils en « découvrent » l'existence plus tard. Je leur raconte en substance ce que Marc y a écrit et leur dis qu'ils la liront eux-mêmes quand ils seront en âge de le faire, s'ils le souhaitent. Je leur dis aussi que Marc a choisi pour chacun d'eux une montre, que je leur donnerai quand ils seront grands.

Enfin, nous écoutons les chansons que nous avions l'habitude d'écouter tous les quatre dans le salon, quand les enfants dansaient autour de la table basse. Nous reproduisons cette tradition et je danse avec eux. Nous embrassons la photo de Marc collée sur la boîte de Papa.

Je suis entourée du matin au soir et du soir au matin.

Mes parents, mon frère et ma sœur, mes cousines, mes amies, tous sont là. Les gens sont extrêmement présents auprès de leurs proches endeuillés, surtout dans les semaines qui suivent la mort. Au-delà, ils le sont moins. C'est normal. La vie reprend son cours ; ils retrouvent leur quotidien, leurs problèmes, tracas et joies qu'ils avaient laissés de côté. Ils restent bien sûr très présents, mais leur vie continue. Et je n'en souffre pas.

Une fois passées les premières semaines, une curieuse solitude s'installe. C'est là que le manque de l'être aimé grandit, un peu comme les ondes que laisse une pierre qui tombe dans un plan d'eau : d'abord petits et serrés autour du point d'impact, ces cercles concentriques s'élargissent pour emplir bientôt toute la surface du bassin.

Je ressens le manque chaque seconde. J'ai mal d'être sans toi. Ton absence me prend aux tripes. Comment vivre sans toi, ma bouée de sauvetage, mon repère, ma boussole ? Le seul moyen que je trouve, c'est d'avancer, de ne pas penser, ne pas philosopher sur le manque. Toujours avancer, foncer, se projeter, anticiper, se fixer des objectifs. Je ne peux pas laisser mon cerveau divaguer sur ta mort, sur la violence de ce qui nous est arrivé, sur les statistiques. Se laisser aller à ça, c'est accepter de trébucher, de tomber. Autant se jeter sous une voiture. Non, la vie continue. C'est comme ça que tu aurais voulu que je réagisse, c'est comme ça que je suis, c'est comme ça que tu m'aimes. Ne pas dévier. Jamais.

Je me questionne, quand même. Il m'arrive parfois de craindre d'avoir été dans le déni jusqu'ici. Est-ce que je suis réellement consciente de ce qui s'est passé et du fait que je ne reverrai jamais Marc ? Théoriser l'absence et la mort est un exercice très difficile. J'ai parfois du mal à réaliser qu'il n'est plus là, quand je me souviens de lui si vivant. Mais quand cela arrive, c'est d'une violence inouïe.

Je ressens cette violence en me rendant sur sa tombe pour la première fois, au lendemain des trois mois de sa disparition. Mon frère veut aussi y aller avec sa femme, qui avait accouché la veille de l'enterrement, et son meilleur ami, qui habite à New York et n'avait pas pu non plus être présent. Nous joignons l'utile au désagréable et décidons d'y aller tous les quatre. C'est moi qui conduis. Je n'y vais pas de gaieté de cœur, ni parce que j'en ressens le besoin, mais parce que je dois valider le tracé de la gravure de la pierre tombale. Cette fameuse phrase de Romain Gary qui m'avait semblé évidente quand je l'avais entendue un soir avec Marc, devant la télévision : « *L'humour est une déclaration de dignité. L'affirmation de la supériorité de l'homme sur ce qui lui arrive.* » Il y a aussi une photo de Marc que j'ai choisie avec l'aide de mes cousines, prise au Musée d'art et d'histoire du judaïsme, lors du cocktail qui avait suivi le mariage civil de mon frère. Marc est en costume, avec une chemise blanche ouverte. Il est de trois quarts, il sourit et il a l'air heureux.

Je connais bien le chemin pour m'être rendue à Bagneux un bon nombre de fois, la plupart du temps pour des personnes d'un certain âge, dont la mort était plus ou moins « dans l'ordre des choses ». Mais la route du cimetière est bien différente cette fois-ci. Je vais voir mon mari. Mon frère me guide car je suis incapable de retrouver l'emplacement du caveau. Je me gare, nous descendons de la voiture, et marchons jusqu'à la tombe. Il fait beau et chaud. J'ai fait en sorte de venir un jour de météo favorable. Je vois des petites bêtes vadrouiller sur la pierre tombale. Marc sous terre ? C'est aussi concret qu'impossible à croire…

Le définitif donne le vertige. C'est insoutenable. Le définitif met en lumière le manque, implacable, plombant. Dans ces moments, il m'arrive encore de me demander si je ne vais pas me réveiller d'un cauchemar – mais il dure maintenant depuis trop longtemps pour en être un. Je ne le reverrai jamais. C'est fini, terminé. Je ne pourrai plus lui dire que je l'aime, je ne rirai plus à ses blagues, je ne dormirai plus dans ses bras.

Alors je préfère mon approche plus poétique : non, Marc n'est pas six pieds sous terre, Marc nous sourit, nous nourrit de sa force, de son courage, de son optimisme et de sa bonne humeur. Il nous accompagne et nous protège partout où nous allons, comme les ossements de Joseph. Je suis convaincue que c'est parce que je refuse de me représenter sa mort que je vais « aussi bien ». Ce n'est pas un hasard si je n'ai aucune envie d'aller le voir au cimetière : Marc n'est pas à Bagneux, il vit, il m'inspire et me guide. Il a fait de moi une femme meilleure, plus mûre, consciente de qui elle est. Je veux continuer de voir la vie ainsi. Je veux faire certaines choses que je n'aurais pas faites s'il n'était pas mort. Lire *Le Comte de Monte-Cristo*, ce qu'il m'a demandé tant de fois de faire, par exemple.

Mais quand je « vais bien », j'ai l'impression que c'est anormal, que je suis bizarre. Alors je me fais quelques piqûres de rappel. En voiture, seule face à moi-même, je suis parfois tentée par la mélancolie. J'ai envie de me perdre dans mes souvenirs, d'allumer la musique pour écouter des chansons qui me rappellent Marc, notre histoire et notre amour. Alors, peut-être avec une touche de masochisme, je m'autorise à pleurer en repensant à des moments précis ou en me disant simplement qu'il est mort.

J'écoute « L.O.V.E » de Nat King Cole et je revis les prémices de notre relation. Je me revois sur l'autoroute, dans la Fiat 500 de Marc, le soleil d'été passant à travers la vitre de la voiture. J'écoute « Home » d'Edward Sharp and the Magnetic Zeros, que nous avions découverte ensemble en Israël. La chanson commence par des sifflotements, des notes de guitare légères. Un couple se donne la réplique, chantant leur amour. Ils se disent : « ma maison est partout où je suis avec toi ». L'air est entraînant et un peu nostalgique. En l'écoutant, je revois le désert qui file par la fenêtre, le visage de Marc dans le soleil. Pendant ses dernières semaines d'hospitalisation, au mois de décembre, c'est alors l'album de Ben Mazué que j'écoutais. Il m'arrive de le repasser dans ma voiture ; je revois cette grande chambre d'hôpital, les docteurs, les infirmières, les pantalons de jogging colorés que Marc portait, la toilette que je lui faisais avec un gant tiède, son sac Napapijri que j'apportais tous les jours avec des affaires propres et que je remplissais de son linge sale.

Ces notes de musique me renvoient à la période où je les écoutais. Je me replonge dans le passé que m'évoque la mélodie, j'en ressens presque les odeurs, l'atmosphère, le temps qu'il faisait… Certains airs sont symbole de joie, d'énergie ou d'euphorie, d'autres de moments lourds et douloureux.

Ces moments de craquage sont brefs. Je ne cherche pas à ce qu'ils se prolongent. Contrairement à ce que pensent la plupart des gens, me lâcher, me vider de mes larmes ne me fait pas de bien et ne me procure aucun soulagement. Je crois au contraire que ça me fait du mal. Je ne supporte pas d'être dans cet état. Je déteste pleurer, même seule. J'ai l'impression de ne plus rien contrôler, que tout m'échappe, je me trouve vilaine, avec les mimiques de ma bouche qui tremble, le nez qui coule et les joues rougies.

Ce qui m'aiderait à combler l'absence, ce serait d'avoir des signes de Marc. Je les attends. Je les guette tous les jours. Mais j'en vois très peu, et ils sont souvent tirés par les cheveux. Des bobs multicolores qui me sourient chez Zara, la chanson de Louane en rentrant dans ma voiture – « Est-ce que tu m'entends est-ce que tu me vois, qu'est-ce que tu ferais toi si t'étais là ? Est-ce que ce sont des signes que tu m'envoies, qu'est-ce que tu dirais toi si t'étais là ? » – ou encore l'affiche du spectacle « Je vais t'aimer », qui me rappelle la chanson de Michel Sardou que nous chantions pendant nos cours de chant. C'est peu, trop peu. J'aimerais ressentir qu'il est là, qu'il veille sur nous, qu'il acquiesce ou qu'il conteste, qu'il est témoin de notre vie.

Fais-moi signe Marco, bordel !

À défaut de signes, je fais des rêves.

Ils se ressemblent. Je sais que Marc est malade, qu'il va bientôt mourir, et il le sait aussi. Mais ça ne se voit pas. Il est égal à lui-même, comme lorsqu'il était en forme. Je peux lui parler, le toucher, l'aimer pour de vrai. Je me réveille le sourire aux lèvres, enveloppée d'une bulle protectrice, imprégnée de ses gestes et de son odeur. Je me sens bien, comme si j'avais reçu un *shoot* de Marc. Je sais qu'il reviendra au prochain rêve.

Ces rêves sont-ils des signes ? Marc ne vient-il pas me voir, me dire quelque chose quand il m'apparaît si réel ?

Courant mars, deux mois après le décès de Marc, je reçois quelques copines pour dîner. Je viens de coucher les enfants mais Ethel me rappelle : « Viens maman, je veux te dire un truc. » Arrivée dans sa chambre, je la trouve le sourire aux lèvres. Elle me dit : « Tu sais ce qui m'est arrivé ? J'ai dit bonne nuit à Papa. J'ai senti qu'il m'entendait, et il m'a répondu. » Très heureuse pour elle, je lui réponds que c'est génial, qu'elle a beaucoup de chance de pouvoir communiquer avec son père, que j'en rêve moi-même mais que je n'y arrive pas encore… Je sens qu'elle est fière et heureuse. Je lui dis bonne nuit, et alors que je suis en train de repartir dans le couloir, elle me lance : « T'inquiète pas maman, toi aussi ça va finir par t'arriver ! »

Ethel s'est construit un univers bien à elle, où son père est très présent. Elle a le sentiment de l'emmener partout où elle va et ressent sa présence permanente. Elle lui parle, lui souhaite bonne nuit avant de s'endormir. Et si j'ai le malheur d'annoncer une sortie que nous ferions tous les trois, elle me corrige immédiatement : « Non maman, tous les quatre ! »

Adam, quant à lui, a pris du temps avant de s'autoriser à parler de Marc – du moins à le faire spontanément, indépendamment des interventions de sa sœur qu'il mimait dans les premiers temps. Maintenant, il verbalise que son père lui manque et me réclame souvent un câlin ou un bisou de sa part avant de s'endormir. Alors je l'embrasse de façon forte et bruyante pour marquer que le baiser vient de son papa et que je n'en suis que l'intermédiaire. Il me demande régulièrement d'embrasser Marc sur la photo qui est dans sa chambre. Enfin, il a un petit rituel lorsqu'il est envahi par le manque : il ferme les yeux, pense fort à son père et imagine qu'il le serre dans ses bras, qu'il enroule avec conviction autour de son petit torse.

Huit mois après la mort de Marc, alors que je lui souhaite bonne nuit et m'apprête à sortir de sa chambre, il me retient : « Parle-moi de Papa. » Je suis surprise par la maturité de ses mots. Je m'assieds sur son lit et, penchée sur son visage, je lui dis combien il ressemble à Marc. Il me sourit fièrement. Cette phrase extraordinaire a d'ailleurs donné naissance petit à petit à une tradition qu'Adam affectionne particulièrement. Il me réclame tous les soirs « une histoire de Papa ». Il m'incombe donc de trouver une anecdote sur Marc et de la raconter à mes enfants avant qu'ils ne s'endorment. Je trouve cet exercice génial, bien qu'il me demande beaucoup de travail !

Mes enfants parlent librement et naturellement de leur père. Ils ont chacun une photo de lui dans leur chambre. Nous avons aussi un mobile avec des photos de Marc. C'est le cadeau d'une de ses amies d'enfance, qui l'a elle-même fabriqué – un de ceux qui m'ont le plus touchée. Le mobile est tenu par un morceau de bois auquel sont attachés avec du fil de pêche, sur quatre rangées, des origamis et des petites photos de Marc recto verso, en alternance. À l'extrémité de chaque fil de pêche pend un galet – comme une larme que verseraient les photos. Le mobile bouge et virevolte au gré des courants d'air.

Je ne sais pas comment les choses vont évoluer. Quand on me demande comment mes enfants et moi allons, je réponds : « Du mieux possible compte tenu de la situation. » Mais je sais que rien n'est gagné. Chaque jour qui passe « du mieux possible » est une victoire. Ou plutôt, notre bonheur est une série de petites victoires de chaque instant : on continue de vaincre le manque, de vaincre aussi parfois l'envie de lâcher prise et de sombrer. Mes enfants « vont bien » et cette pensée me tient sur la voie que je crois être la bonne. Parfois, je m'imagine que je suis comme sur une petite autoroute bordée de chaque côté non par des barrières, mais par ma famille et mes amis. Ils m'empêchent de tomber. Pour le moment, je roule au milieu. Mais je sais que de chaque côté, il y a un précipice. Alors je m'efforce d'y rester. Mon objectif est de n'avoir aucun accident, de n'emprunter aucun itinéraire bis.

Pour éviter toute sortie de route, j'ai appris que je devais me préserver du vide. L'absence de Marc est plus supportable quand je suis dans l'action, que je cours partout et que j'ai un projet en tête.

Me préserver du manque de sommeil aussi. Je ressens les choses bien différemment selon que je suis irascible ou reposée.

Me préserver des gens, de leur indélicatesse, de la vie en général. J'ai créé dans mon cerveau des filtres, comme une sorte de table de contrôle de mes émotions. Faire des blagues sur les veuves, secouer un peu mon interlocuteur, cela m'amuse, et surtout m'aide à tenir à distance ce qui pourrait me blesser.

Me préserver face à mes enfants. J'ai besoin de temps pour moi, pour pouvoir mieux profiter d'eux et être une meilleure mère. Écrire, lire, regarder des séries, sortir sans la contrainte des horaires, des bains, des siestes ou des repas à préparer, pour me reposer et me recentrer.

Le soir, quand je ne sors pas, je me mets au lit juste après avoir couché les enfants et je fais des choses qui me font du bien. J'entends l'alarme de la G-Shock de Marc, placée dans une boîte sous mon lit. Ce bruit me berce, comme si elle était encore à son poignet, comme si nous étions encore l'un à côté de l'autre.

J'avais toujours cru que la religion juive imposait une période de deuil d'un an après le décès du conjoint. J'ai appris, quelques semaines après la mort de Marc, qu'en réalité elle ne prescrit qu'un mois de deuil aux époux. La veuve est donc supposée refaire sa vie très rapidement. Pourtant, cette année a beaucoup de sens à mes yeux. C'est un temps nécessaire.

Car tout ce qui rappelle le fait qu'on ne partagera désormais plus rien avec l'autre est difficile. Toutes les premières fois après la mort ont un goût singulier, amer, douloureux. C'est d'autant plus dur qu'après le décès de l'être aimé, tout est une première fois : la première fois que revient sa date d'anniversaire, le premier nouvel an, les premières vacances, la première rentrée scolaire, le premier dîner seule entourée de couples, la première déclaration d'impôts avec la case « veuf/veuve »... Des premières fois qui donnent le vertige, comme avant un saut en parachute.

J'ai vécu cette première année de deuil sur le mode de la survie. Comment survivre à celui qui a partagé notre quotidien, nos charges, nos projets, notre futur, nos rêves, nos espoirs, nos pensées ? Pour quoi ? Pour qui ? Je tiens le coup pour mes enfants. Sans eux, je ne suis pas certaine que j'aurais eu le courage.

Mais au cours de cette première année, en relisant les messages de Marc, en revoyant des vidéos, en partageant des souvenirs, en repensant à lui, quelque chose s'est imperceptiblement noué. Comme si j'avais peu à peu réussi à surmonter ma peine pour me réapproprier autrement le lien qui m'unissait à lui.

C'est étrangement au moment de sa mort que Marc m'a fait le don le plus puissant qu'une veuve puisse recevoir. Il m'a légué sa joie de vivre. Cette envie de savourer la vie s'est imposée à moi comme une évidence. Petit à petit, son appétit des bonnes choses, son goût pour les blagues, le plaisir, la légèreté m'ont envahie. Je me suis imprégnée de ce qui le caractérisait le plus : son humour et sa capacité de transformer en expériences joyeuses tout ce qui advenait. Je me sens enivrée de son amour de la vie. Grâce à lui.

Bien sûr, ça ne s'est pas fait sans effort. Je me surprends encore souvent à imaginer comment les choses se dérouleraient si Marc était toujours vivant.

Fin septembre, je me rends à une réunion de parents d'élèves dans la nouvelle école de mes enfants. Je m'imagine sortant de la réunion en début de soirée ; Marc m'attend au coin de la rue, sur son scooter, tenant mon casque dans sa main, pour que l'on aille dîner dans un restaurant qu'il a pris le soin de réserver. Sur le trajet, je lui raconte la bienveillance de la maîtresse, décris les parents d'élèves qui ont retenu mon attention, les questions et remarques de chacun, le programme de l'année, les compliments reçus au sujet de nos enfants et ma fierté de mère. Il en aurait été tellement heureux.

Une autre fois, je vais au salon Paris Photos. Seule, parce qu'il est difficile de déambuler dans ce genre de foire à son rythme avec une personne autre que son conjoint. Je nous imagine tous les deux, nous baladant main dans la main, arpentant méthodiquement les allées les unes après les autres, nous arrêtant au même moment devant certaines œuvres, en symbiose. Alors que je me laisse aller à ces divagations aussi tendres que frustrantes, je suis happée par une image qui aurait retenu l'attention de Marc. La photo en noir et blanc d'une femme posant debout, nue, chaussée d'une paire de talons aiguilles. Marc adorait les photos de nu. Il en avait acheté quatre de Larry Clark. Je reste un long moment plantée devant cette photo, émue, insensible à la présence de la foule autour de moi.

Alors, parfois, le soir, en couchant Adam, je lui chuchote ce secret : « Papa nous a donné toute sa force et son courage avant de partir. » Mais je voudrais le crier haut et fort. Marc aurait voulu que je sois une veuve joyeuse ; c'est lui être fidèle que de chercher à l'être. Je veux suivre sa route et jouir de la vie, comme je le faisais déjà avant, mais sans doute pas suffisamment. Je m'efforce de faire mien son optimisme et son amour de la vie, de reprendre le flambeau qu'il voulait me transmettre de son vivant. Pourquoi donc n'étais-je pas davantage capable de plus d'insouciance lorsque nous étions heureux ensemble ?

C'est là ma seule frustration. Et elle est toute en contradiction. Je regrette de ne pas avoir pris conscience de cet héritage quand Marc était encore là. Alors je veux maintenant en profiter au centuple : ne « pas me mettre la ratte » (puisqu'il était attaché à ne jamais terminer cette expression), « me la coller », comme il le disait si souvent en picolant, pour me marrer le plus possible, et vivre avec légèreté. Je m'emplis de sa joie. Et je le remercie. Tous les jours.

En écrivant ces mots, je prends conscience du chemin que j'ai parcouru intérieurement. Le temps n'efface rien, mais il aide. Cette première année a été le temps nécessaire pour apprendre à aimer Marc par-delà sa mort. Le temps du deuil, c'est paradoxalement celui de l'apprentissage de l'amour et celui d'un autre apprentissage de la vie. Là est ma résilience.

Marc disait qu'il préférait avoir vécu 43 ans formidables plutôt que 80 années médiocres ou même moyennes. Ces années passées à ses côtés valent tout l'or du monde : c'est aussi grâce à elles, grâce à lui, que j'aime la vie aujourd'hui. Et je peux dire aujourd'hui, enfin, que je ne veux pas *survivre* à Marc – mais que je veux *vivre après lui*.

D'après Delphine Horvilleur, Marceline Loridan aimait à dire qu'« on a toute sa vie l'âge de son traumatisme ». J'aurai donc toujours trente-neuf ans.

Mais je dois quand même fêter mes quarante ans. Sans Marc. Sans toi. Avant même que tu ne meures, je me doutais que tu ne serais plus là pour mon anniversaire.

Impossible pour moi de le fêter à Paris. Je décide de m'exfiltrer. Ailleurs. Au bord de la mer. J'invite toutes mes amies : j'ai besoin d'être entourée, de me sentir aimée. Je veux que mon anniversaire s'étire sur un week-end entier, qu'il soit gai et léger – comme un enterrement de vie de jeune fille. Alors c'est décidé, on partira. On glandera à la plage, on profitera de l'énergie d'une ville balnéaire dans la bonne humeur et l'insouciance. Tu seras là, bien sûr. Tu porteras une chemise *slim fit* blanche. Une Figaret. Ta préférée. Mais à la plage, tu la troqueras pour une chemise de couleur en lin, un bermuda et des lunettes de soleil. Partout je te verrai.

Le soir de mon anniversaire, tout le monde est doux, chaleureux, bienveillant, tout le monde veut me faire plaisir. Nous sommes au resto – celui que tu aimais tant. Je bois quelques cocktails, des Moscow Mules parce que c'était ton préféré, tu l'avais découvert à Los Angeles avant que tout le monde n'en boive. J'ai l'agréable sensation d'être « pas encore bourrée mais presque» ; j'ai l'impression de flotter. J'ai des petites crampes aux mâchoires à force de sourire. Et puis d'un coup, je suis interpellée par une mélodie. Le DJ mixe deux musiques entre lesquelles il va et vient. Je reconnais un sifflement, des notes légères, une voix de femme puis celle d'un homme. «*Home, let me go home, home is wherever I'm with you.*» Tout s'arrête autour de moi. Je regarde en l'air, et je souris : enfin, je te vois.

Remerciements

Merci à toi mon jumeau, pour ton soutien doux et bienveillant, pour le temps et l'énergie que tu m'as si généreusement consacré.

Merci à Delphine de nous accompagner avec autant d'amitié, de m'avoir si spontanément proposé de préfacer ce récit.

Merci à mes parents chéris, à Keren, Benjo, Dan et Cindy, de m'aider autant et de m'entourer, comme de la ouate.

Merci à MamyLu qui a toujours le mot juste.

Merci à ma belle-famille formidable, Gabriella et Roger, David et Marie-B., Théo et Carla, pour leur soutien sans faille.

Merci à mes cousines Flora et Edmée, et à Zelda et David, mes soldats qui ne me lâchent jamais.

Merci à tous les Nobl, la famille que j'ai choisie.

Merci à Nathan, Ava, Zelig, Izkia et Noa d'être les cousins merveilleux sur lesquels Ethel et Adam pourront toujours compter.

Merci à mes amies Céline, Débo, Jess, Rébek, Sandra, Jo, Chacha, Laët, Lolo et les autres d'être la bordure d'autoroute qui m'empêche de tomber.

Merci à Caroline B. pour son enthousiasme et ses bonnes idées.

Merci à toi, Patrick, de m'avoir relue, conseillée et épaulée.

Merci à Ethel et Adam, pour qui ce récit a été écrit et qui, chaque matin, me donnent envie de sourire.

Achevé d'imprimer en février 2023 par Sepec Numérique – 01960 Péronnas
N° d'imprimeur : N02225230112 – Dépôt légal : janvier 2023
Imprimé en France
IMPRIM'VERT®